献给莫林·梅吉特,一位可能真的在阁楼里藏了一只怪兽的五百一十一岁老太太

——杰克·梅吉特-菲利普斯

献给艾米,我优秀的经纪人

——伊莎贝尔·弗拉特

新经典文化股份有限公司
www.readinglife.com
出 品

怪兽与贝萨妮

［英］杰克·梅吉特－菲利普斯 著
［瑞士］伊莎贝尔·弗拉特 绘
肖楚舟 译

新 星 出 版 社　NEW STAR PRESS

紫胸鹦鹉

埃比尼泽·崔泽是个养尊处优的家伙。

他从不会让自己饿肚子,冰箱里永远塞满好吃的。他从不纠结那些又臭又长的单词是什么意思,比如记忆性虚构症、花边褶皱之类的,反正他也不怎么读书。

他没有孩子、没有朋友,从不会被刺耳的噪音或尴尬的闲聊困扰。从没有人邀请他去参加派对或者庆典,因此他永远不必绞尽脑汁搭配着装,更不用憋在礼服里,热出一身臭汗。

埃比尼泽·崔泽甚至连死亡的烦恼也没有。这个故事发生的时候,距离他的五百一十二岁生日仅剩一周时间。可如果你在街上碰到他,肯定以为这是个年轻人,顶多不过二十岁。

你可能还会觉得他是个帅小伙：一头金发修理得精神利落，鼻子小巧精致，嘴唇丰润柔软，亮晶晶的眸子在月色下如同璀璨的钻石，脸上还带着孩子般的天真。

可惜，人不可貌相。在这个故事开始的时候，埃比尼泽正要去干一件大坏事。

起初，他只是神色如常地走进了一间卖宠物鸟的商店，耐心地排在队尾。排在他前面的是一位不耐烦的顾客。那是个瘦巴巴的小女孩，背着一只旧背包，上面粘着两张贴纸，一张写着"贝萨妮"，另一张写着"别烦我！"。

"我想要只宠物！"女孩对柜台后面和蔼可亲的大个头店主说。

"你想要什么样的宠物呢？"店主问。

"青蛙！或者美洲豹！噢，北极熊也行！"

"你恐怕来错地方了。卖北极熊和美洲豹的商店在这条街的另一头，青蛙市场只在星期三营业。我们这里只有宠物鸟，没别的了。"店主耐心地解释道。

只见女孩把手伸进背包，掏出一只人字拖、半块饼干、两个贝壳和一把写着"杰弗里的个人物品"的尺子，在柜

台上一字摆开。

"这些够换只什么样的鸟？"她问。

宠物鸟店主若有所思地看了看她的报价，心里盘算了一下。"如果把背包也算上，我能给你十条虫子。"

女孩对这个答复很满意，爽快地从肩头摘下背包，交给店主。店主从口袋里掏出十条虫子，一把塞进她手里。女孩拿了虫子，风风火火地从埃比尼泽身边冲过去，离开了商店。

"抱歉，崔泽先生，"店主说，"请问我能为您做些什么？"

"没关系，"埃比尼泽说，"我来取我的温特洛里安紫胸鹦鹉。"

店主把笼子拎出来，鹦鹉在里面睡着了。埃比尼泽没急着去拿，而是耐心地等着店主交给他。他又跟店主聊了一会儿，尽管他并不热衷于闲聊。

"这种鹦鹉现在很少见了，"店主说，"全世界只剩下二十只。您应该是个心细的人，不会把它弄丢吧？"

"放心，不会的。"埃比尼泽心虚地用鞋底蹭了蹭地面。

"这样的鸟您在别处可再也买不到了，我花了很长时间才找到它。不是每家店都能给您弄到一只真正能说会道、

歌声美妙的鹦鹉的。它能把人类的歌唱得活灵活现，跟金丝雀那种蹩脚货可不一样。这鸟爱热闹，您不是那种离群索居的人吧？"店主又问。

"放心，我不是。"埃比尼泽说。在对方的注视下，他开始感觉浑身不自在。

"这种鸟需要人倍加呵护，需要很多很多爱。您不会让它受委屈吧？"

"当然不会！"埃比尼泽提高了调门儿，声音有点发颤。

这位大个头店主对店里的每只鸟都了如指掌、爱若珍宝，从水栖苇莺到黄脚银鸥，他都努力给它们找个好人家。他目不转睛地看着埃比尼泽，看了好一会儿。

"我很清楚您是什么样的人。"他终于打破了沉默。

埃比尼泽深吸了一口气。

"您是位爱鸟如命的好主人！从您脸上就能看出来！"

埃比尼泽松了口气，匆匆一笑，赶紧交了钱。为了感谢店主的殷勤，他付的钱比原价多得多。

告别了店主，埃比尼泽拎着装有熟睡鹦鹉的笼子离开了商店。他钻进车里，往家开去，不一会儿就到了。正当他停车的时候，鹦鹉打了个大哈欠，醒了。

"早上好！"鹦鹉说，它的声音明显不像只鹦鹉，低沉而富有磁性，如巧克力般丝滑醇厚。

"现在都快傍晚了。"埃比尼泽说。

"啊噢！好吧，傍晚好。我的名字叫帕特里克。"

"我是崔泽，欢迎你来到新家。"

"哇，天啦！"帕特里克大呼小叫起来。

埃比尼泽的房子的确值得为之发出"哇"和"天啦"的呼声，因为那绝非普通的房子，而是一栋十五层高、十二头大象宽的豪宅。房子的正面刷成了大红色，花园大得能同时举办十二场茶话会。

帕特里克从笼子里仰望着这栋豪宅，心潮澎湃。它是一只见多识广的鹦鹉，曾在好几个国家举办过巡回演唱会，但还从没见过如此壮观的建筑。它迫不及待地想绕着房子飞一圈，看个仔细。

"您能把我从笼子里放出来转转吗？"它问。

"现在还不行，"埃比尼泽答道，"我想先带你见个人，确切地说，是见某样东西。"

埃比尼泽提着帕特里克下了车，拎着它走上楼梯。

"那东西住在顶楼，"埃比尼泽说，"它已经等不及要见你了。"

埃比尼泽爬楼梯时,帕特里克一路好奇地左顾右盼。楼梯左右墙上挂满美不胜收的名画,摆着名贵的古董,不知不觉间,他们已经爬到了十五楼。

"尽量别害怕,"埃比尼泽说,"如果你表现出害怕的样子,它就不喜欢你了。"

楼梯尽头是一扇古旧的门,埃比尼泽按下门把手,吱呀一声,门开了。

埃比尼泽打开灯,屋里的陈设和楼里其他地方截然不同,四处湿漉漉的,闻起来像煮熟的烂白菜。整间房屋空空荡荡,只能看见房间尽头有两条红色天鹅绒帘幕和一只小小的金铃铛。

埃比尼泽走向帘幕,在拉开前停顿了一下。

"别吓得大喊大叫,它讨厌那种声音。"他警告道。

埃比尼泽慢慢拉开帘幕,露出了藏在后面的怪兽。怪兽如同一大团灰色的污泥,长着三只黑溜溜的眼睛和两条又黑又长的舌头,一张大嘴滴着口水,手和脚却都小得可怜。

埃比尼泽对帕特里克的反应很满意。它没有尖叫,也没有大喊"咦,好恶心!"什么的。

努力镇定下来后,帕特里克说:"早上好!我的名字叫帕特里克。"

"已经快傍晚了。"怪兽的声音软绵绵、滑溜溜的,就像一条用羽毛做的蛇,"我想听你唱歌。"

"您想听什么歌?"帕特里克问。

"一首关于我的歌!"怪兽提出了要求。

帕特里克思索片刻,亮出了歌喉:

> 怪兽的房子,举世无双。
> 它又高又宽,宏伟非常。
> 即使女王陛下的华丽宫殿,
> 也比不上这房子一星半点。

埃比尼泽吃了一惊。这鹦鹉唱的歌曲调悦耳,歌词似乎也很讨怪兽的欢心。

> 怪兽之面,圆如明月;
> 三只大眼,明亮若雪;
> 两条舌头,珍馐遍尝。
> 如此怪兽,举世无双。

帕特里克唱完歌,又为自己的曲子太短表示歉意。它保证,一旦对怪兽有了更深的了解,一定能创作出更长的歌曲。

看到怪兽露出笑容,埃比尼泽长长地舒了口气。那是一个带着口水的湿漉漉的笑容。

"你的歌声美妙极了。告诉我,像你这样可爱的小鸟多吗?"怪兽问。

"噢,当然不多。全世界像我这样的小鸟,只剩下二十只了。"帕特里克的眼睛里蓄满了紫色的泪珠。为了驱散自己的悲伤回忆,它转而问怪兽:"那世界上还有多少像您这样的怪兽呢?"

"只有我一个了,我是最后的幸存者。"怪兽笑着说,"稀有是件好事,我喜欢稀有的东西。走近点,让我好好看看你,小鸟。"

怪兽满怀期待地望向埃比尼泽。埃比尼泽提起笼子,把帕特里克放到怪兽三只眨巴眨巴的大眼睛前面。

"再近点。"怪兽不是太满意。

埃比尼泽把笼子又往前推了推,帕特里克离怪兽只有不到三步的距离了。

"再近点。"怪兽说。

现在,笼子已经放到怪兽滴着口水的大嘴前。煮熟的烂白菜味直冲帕特里克的脑门儿,它的眼泪都被熏了出来。

"您能看清我了吗?"帕特里克有些紧张地问。

"噢,我一直都看得挺清楚的。"怪兽用两条黑舌头舔了舔嘴唇。

"那……您为什么要我靠这么近?"

那是帕特里克问出的最后一个问题。

不寻常的要求

养尊处优的生活能让一个好人变成坏蛋。它会让你忘记世上其他受苦受难的人,让你不再关心他人。

所以埃比尼泽·崔泽成了世上最自私的人也就不足为奇了。在他已经度过的将近五百一十二年中,埃比尼泽轻松愉快,从未真正体会过痛苦或悲伤。

他发现自己甚至想象不出到底什么是痛苦或悲伤。所以把帕特里克推进怪兽嘴里也并没有让他感到丝毫愧疚,他只是有点遗憾,因为自己再也听不到帕特里克唱歌了。他可根本没去想那只可怜的小鹦鹉在生命的最后一刻有多恐惧。

埃比尼泽轻快地走下楼梯,很快就到了一楼。他打开众多冰箱中的一个，开始给自己做芥末牛肉三明治。

面包是用喜马拉雅山顶种植的顶级小麦做的；牛肉和黄油来自一头名叫多利的威尔士奶牛，多利声名远扬，连续三年荣获"世界最可爱的奶牛"称号；芥末酱则加入了顶级的白葡萄酒和罕见的黑松露。

这块三明治着实令人垂涎欲滴，但埃比尼泽还没来得及尝上一口，就听见怪兽摇响了金铃铛。埃比尼泽不情愿地放下三明治，又朝楼上走去。

怪兽待在湿漉漉、充满烂白菜味的房间里，哼着刚才帕特里克给它唱的歌。

埃比尼泽进来时，怪兽打了个快活的饱嗝儿，喷出一大把紫色的羽毛。

"晚上好。"埃比尼泽礼貌地点点头。

"晚上好呀，埃比尼泽！多么美妙的夜晚呀，你觉得呢？"怪兽问道。

埃比尼泽一心想着他的三明治，大快朵颐的念头赶也赶不走。今晚美妙不美妙，根本不在他关心的范围内。

"我说，真是个美妙的夜晚，埃比尼泽，"怪兽用它湿滑的声音说，"你同意吗？"

"噢,当然了,真是个芥末的夜晚。"埃比尼泽说。

"芥末的?你这么说是什么意思?!"

"对不起,我也不知道怎么就说胡话了。我不是要说芥末的,我是要说……要说……"

"算了,埃比尼泽。"怪兽面露愠怒,"反正这是个非常美妙的夜晚,万分美妙!"

"是的,当然。"

屋子里安静了一会儿。埃比尼泽太饿了,脑子已经不听使唤,而怪兽还在犹豫,不知要不要发火。僵持了一阵子,它终于做出了决定。

"唉,我也不能老生你的气,埃比尼泽,更何况你刚给我带来了那么美味的晚餐。"

"很高兴你喜欢。"埃比尼泽说。

"有个性的食物总是令我愉悦,"怪兽说,"笼子的铁锈味又添了几分美妙。"

"听起来味道挺独特。"埃比尼泽说。

"的确。你想要什么作为奖赏呢?"

这就是埃比尼泽和怪兽的交易。他给怪兽带来各种各样的食物,怪兽则回报以各式各样的礼物:钻石吊灯、女巫扫帚、巨型泰迪熊——世上没有怪兽变不出来的东西。

"我想要一架钢琴，"埃比尼泽说，"我可以要一架迷你钢琴吗？那种小小的、精巧可爱的钢琴，这样我就能直接把它搬下楼。要是它能自己慢慢长大，变成一架漂亮的大钢琴就更好了。"

"好、好、好，埃比尼泽。真没想到，你还会对音乐有兴趣。你还想要几本钢琴教材吗？"

"老天爷呀，不要！"埃比尼泽对这个提议很是反感，"我又不是要弹钢琴。我只是想把它放在客厅里，好让来往的邻居都瞧见。"

"真是个怪人，"怪兽说，"但只要你想要，我都会满足。"

怪兽闭上三只黑眼睛和流着口水的大嘴，开始扭动身体，并发出低沉的嗡嗡声。

然后，怪兽猛然睁开双眼。它停止扭动，张开大大的嘴巴，吐出了一架迷你钢琴。

钢琴上沾满怪兽黏糊糊的口水，但除此之外，它堪称完美。这架钢琴刚好是埃比尼泽想要的大小，漂亮得足以让邻居眼红。

"非常感谢。"埃比尼泽说完拎起钢琴，走向房门，走

到一半又转过身说,"噢,差点忘了,我还想要一样东西。"

"你还想要什么?"怪兽问。

"一份生日礼物,"埃比尼泽答道,"星期六就是我的五百一十二岁生日了。我最近感觉脸上又有皱纹了,我还想要一瓶让人长生不老的魔法药水,可以吗?"

"没问题,埃比尼泽,乐意为你效劳。"

怪兽又闭上三只眼睛开始扭动,但很快又停了下来。

"怎么了？"埃比尼泽问。

"没什么，"怪兽说，"但在帮你实现生日愿望之前，我想让你先为我办一件事，我想要你再为我带来一顿晚餐。"

埃比尼泽叹了口气，早知道就该先要药水，等等再要钢琴。

"你要是想再来一只温特洛里安紫胸鹦鹉，我恐怕办不到了，"埃比尼泽提醒道，"现在世界上只剩十九只了。"

"我不是要这个，别担心，"怪兽说，"我已经想好要吃什么了，是我以前从没吃过的东西。"

埃比尼泽觉得不可思议，因为他给怪兽找来的食物千奇百怪，世上几乎没有什么它没吃过了。就在过去的一个月里，怪兽就已经享用过七条珍珠项链、一只古董五斗柜、两只蜂箱和一尊半人高的温斯顿·丘吉尔雕像。

"是什么稀奇的东西吗？"埃比尼泽问。

"那倒算不上稀奇，只是很少被当作食物，"怪兽答道，"这东西很吵，形状、大小各不相同，世界各地都有。"

埃比尼泽想了半天，想弄明白这吵闹又不算稀奇的东西是什么。可惜他很不擅长猜怪兽出的谜语。

"是某种小号吗？"他问。

"不是,"怪兽黏糊糊地笑了一声,"我对小号严重过敏,那可能会要了我的命。"

"贵宾犬?你又想要我去狗舍?"埃比尼泽猜道。

"不、不、不,"怪兽又笑了,"不是物品,也不是宠物。"

埃比尼泽彻底没了头绪,他还以为"小号"和"贵宾犬"都是聪明绝顶的答案呢。

"让我给你揭晓谜底吧,"怪兽说,"这次我想吃——一个小孩。"

怪兽湿漉漉的嘴边露出了兴奋的笑容,它观察着埃比尼泽的反应。

"对不起,我刚才是不是听错了?"埃比尼泽说。

"我说我想吃个小孩!"怪兽咆哮道,"我想知道小孩是什么味道。我想要个鲜嫩多汁、胖乎乎的小孩,口感一定很绵软。哎呀,光是想想就唇齿生香。"

埃比尼泽紧张地把身体重心从一只脚换到另一只脚。他怀疑怪兽还没说完。

他没猜错。

"我想知道挂着鼻涕的鼻子是什么味道,"怪兽仿佛沉浸在美梦中,"还有肉乎乎的小脸蛋、脏兮兮的指甲盖和长着跳蚤的头发,我都想尝尝!"

怪兽已经兴奋得喘不上气了,浑身大汗淋漓。它饥渴地看着埃比尼泽,眼中燃烧着欲望。接着,它换了种柔和的语气问道:"所以,你什么时候可以给我带来一个小孩?"

激烈的争执

"你不能吃小孩!"埃比尼泽说。

怪兽脸上的笑容立刻消失了,现在的它仿佛一团咆哮的脏泥巴。

"为什么不行?"怪兽问,"以前不管我想吃什么,你都能给我弄来,为什么这次不行?"

"因为这是错的!"埃比尼泽说,"你不能乱吃小孩,这很不合规矩。"

"不合规矩?你刚才说不合规矩?"怪兽问,"你给我带温特洛里安紫胸鹦鹉的时候,没觉得不合规矩?四百年前,我要你给我弄来最后一只渡渡鸟的时候,你也没觉得不合规矩?"

"那不一样！"埃比尼泽说，"它们和孩子不一样。"

"你简直就是冥顽不化！"怪兽说。

"不，不是的。很抱歉，但我不会干的。"埃比尼泽说。这是五百多年来他第一次拒绝怪兽。

怪兽看起来非但不失望，还平静得吓人。

"如果你真这么想，埃比尼泽，我也没有办法，"怪兽说，"谢谢你对我这么坦诚。"

"嗯，别客气……"埃比尼泽说，"对不起，这次我不能帮忙。"

埃比尼泽走向门口，心里一阵轻松，还惊讶于自己能成功地拒绝怪兽。

可他正要打开房门时，怪兽又说话了。

"噢，我忘了说，埃比尼泽，希望你喜欢你的老年生活。我真心希望你能欣然接受身上的皱纹和上楼时疼痛的关节。"

"这是什么意思？"埃比尼泽问。

"我说的可是实话，"怪兽回应道，"我希望当岁月开始侵蚀你的骨骼、在你美丽的面庞上刻下皱纹时，你能享受这一切。"

"我不可能老去,"埃比尼泽说,"魔法药水不是可以帮我抵御衰老吗?"

"它当然可以,亲爱的埃比尼泽。但你以后要去哪儿弄药水呢?"怪兽说,"我是不会给你的,除非你给我带来我想要的食物。"

"可是——"

"没什么可是,"怪兽说,"你星期六就需要新的药水,而我想在那之前吃到小孩。只要给我带一个小孩过来,你就能继续过长生不老、无忧无虑的日子。"

"如果我不带呢?"

"那你就会死去,埃比尼泽。没有药水,你的身体会很快衰败,化为一堆白骨。那我肯定难过极了。"

埃比尼泽动摇了,他真的那么关心孩子吗?他的确不想把孩子送进怪兽的血盆大口,但他同样也不觉得会有哪个孩子比自己的生命还珍贵。

"你确定我给你找点别的吃不行吗?"埃比尼泽问。

"我只想吃小孩。"怪兽答道。

"好吧,"埃比尼泽说,"让我考虑考虑。"

他没有考虑太久。

"我考虑好了,这是个好主意。我没理由不让你吃小孩,"埃比尼泽说,"你可以给我吐出一只大袋子吗?最好跟上次你让我带去南极打猎的那只差不多大。"

怪兽又哼哼着扭动了一阵子,吐出一只结实的、帝企鹅大小的棕色袋子。埃比尼泽抓起袋子跑下楼,跳上车,径直向动物园开去。他像个刚学会走路的小孩一样横冲直撞,一路狂按喇叭。在售票处关门前十分钟,他赶到了动物园。

"成人还是儿童?"售票处的老太太嗓音沙哑地问道。她个头瘦小,皮肤上像长了鳞片一样,看起来更适合住在蜥蜴饲养箱里。

"来个儿童,拜托了。"埃比尼泽上气不接下气地说。

蜥蜴老太太凑过来,抬起细细的眉毛,疑惑地看了看埃比尼泽。

"我是说,一张成人票,因为我是个成人。"埃比尼泽赶紧纠正口误,放下几枚硬币,"说出来不怕您吓一跳,我都五百一十一岁了——"

蜥蜴老太太压根儿不在乎他说了什么,她一把拿过钱,让埃比尼泽带着袋子进了大门。

不过埃比尼泽也没在意对方的态度,他正暗暗高兴呢。

他知道动物园里肯定有小孩,上次他来这里给怪兽拐了只孔雀的时候看到过。但没想到今天这里有这么多,简直就是"美味脏小孩"自助餐厅。

埃比尼泽悄悄接近一个正在大象笼子前皱着眉头的小女孩。他打开袋子,请她跳进去。

见小女孩拒绝合作,他说:"别这样,我的时间可没那么多。"

"爸爸!爸爸!这儿有个陌生人跟我说话!"小女孩大喊起来。

不出几秒,一个同样皱着眉头的男人朝埃比尼泽走来。他冲埃比尼泽骂了十二句脏话,做了两个威胁的手势,然后带着女儿离开了。

埃比尼泽耸耸肩,又对另一个小孩故技重演。

下一个。

再试两个。

每次他看中一个小孩,就好巧不巧有家长在附近晃悠。他们看见埃比尼泽想把自己的孩子塞进袋子,都会冒出一大堆脏话。

很快，动物园里议论四起，蜥蜴老太太领着一个保安，把埃比尼泽塞回了他自己的车里，动物园园长宣布他终身不得踏入动物园内。

埃比尼泽接受了这个晴天霹雳，他得想个别的办法才行。

别的办法是糖果店。每次他去糖果店时也总能看到一群指头黏糊糊、嘴巴脏兮兮的小孩挤在那里，而且有不少孩子是独自来的，没有家长陪同。唯一可能阻碍他的成年

人是那个时髦又古怪的店主麻豆夫人。令人气恼的是,所有孩子都挺喜欢她的。

为了解决这个问题,埃比尼泽决定自己摆个糖果摊。他让怪兽吐出一块招牌,上面写着"埃比尼泽·崔泽先生的糖果宫殿",然后在街边支起一张桌子,上面摆满了各式各样的糖果。这些糖果全被他撒上了安眠药,方便他把吃

了糖果的孩子送到怪兽的阁楼上去。

不久，埃比尼泽就迎来了第一位客人。这是个十二岁的小男孩，名叫埃杜尔多·巴那克。他那对鼻孔大得出奇，世界排名第三，每边都可以容纳一只小橘子。

"哟哟哟，看看这是谁在摆摊呢？"埃杜尔多说着俯身看了看埃比尼泽的小摊，每样糖果都仔细闻了闻。

"这里有什锦甘草糖、彩虹转转糖、梦幻草莓糖、果味糖豆、香蕉夹心软糖……应有尽有。"

埃杜尔多又吸了吸鼻子。他的鼻孔一张一合，贪婪地嗅着糖果的香甜气味。

"好久没看见品种这么齐全的糖果摊了。真不错呀，崔泽先生。"埃杜尔多说话像个小大人，在和大人打交道这方面他似乎颇有自信，"要是我每样买一颗要多少钱？"

"两百五十三镑六十二便士。"埃比尼泽飞快地编了个数字。他向来吃穿不愁，没怎么跟钱打过交道，所以对价格也没什么概念。

埃杜尔多垂头丧气地摇了摇两只鼻孔，以及他脑袋上的其他部分，然后离开了埃比尼泽的糖果摊。埃比尼泽赶忙追了上去。

"对不起、对不起，我弄错了。我的意思是八十五镑九十四便士，你看，多么划算！"

但埃杜尔多无动于衷,依然向前走去。埃比尼泽迫不得已,提出把糖果免费赠送给他,接着又表示自己可以付钱请他吃。

"你能给我多少钱?"埃杜尔多问道。

"七百四十六镑?"埃比尼泽估摸着说。

"显而易见,你的糖肯定不好吃,所以才这么上赶着送我。祝你生意兴隆,崔泽先生。"

埃杜尔多高仰着鼻孔,头也没回地大步离开了。埃比尼泽只得回到小摊前,自己吃了一颗彩虹转转糖,思考着到底该不该收摊。没等他想起糖果里有安眠药,就已经头朝下栽进梦幻草莓糖中间,呼呼地睡着了。

七个小时后,当第一缕阳光照亮大地的时候,埃比尼泽坐了起来。他冻得打了个哆嗦。这个破糖果摊让他在街上睡了一宿,他受够了。

"肯定有更简单的法子!"他气恼地自言自语。

有生以来头一次,埃比尼泽为自己没成家感到悲伤。如果他自己有孩子,就不用费这么多时间和力气给怪兽找小孩吃了。

他垂头丧气地回到家,换了身衣服,吃了几片松露吐司,又回到车上，然后径直开向宠物鸟商店，店主正在给几只长尾鹦鹉喂早餐。

"早上好。"埃比尼泽说。

"呀，这不是崔泽先生嘛！"店主说，"您来得正好。我昨晚做了个噩梦，梦见帕特里克尖叫着喊救命。它在您家还好吧？"

"它昨晚有点不舒服，"埃比尼泽说，"但我看它只是消化不良。谢天谢地，现在没事了，今天它没再嚷嚷了。"

"太好了，那我就放心了，我本来还很担心呢。"店主说，"您有什么需要帮忙的？是想给帕特里克找个伴儿吗？"

"这么说也没错，我想给它找个伴儿，让它在新家别太寂寞。"

"那好办，我这里有很多选择。上周我们这里新进了几只白腰文鸟，您想看看吗？"

"其实我已经想好了，"埃比尼泽说，"这个要求可能有点不寻常。您这儿有……小孩待售吗？"

"您是说小海鸥？"

"不，我说的是小孩。不限身高，也无所谓男孩女孩。"

"噢……"店主快速扫视了一下自己的店铺，"不好意思，老兄，我们这里恐怕没有小孩。您看一只可爱的凤头鹦鹉行吗？现在买很划算。或者半月猫头鹰？"

"不用了，谢谢，我只想要小孩。昨天来店里的那个小女孩呢？她好像叫'别烦我'？"

"我也就昨天见过她，而且再也不想看见她了。她的背包破了好几个洞，饼干也发潮了。"店主说着直摇头。

"这样啊，"埃比尼泽说，"看来我得去别处找找了。"

"请留步，"店主叫住了埃比尼泽，"您为什么想要小孩呢？"

"个人需要，我的生命里不能没有孩子。"埃比尼泽说。

"啊，太令人感动了，我记得我和老婆在有小汤米前，也是这样想的。孩子真是上天的恩赐。"

"这个小汤米，您能把他卖给我吗？价随便开，多少钱都行。"埃比尼泽说。

"汤米不是用来卖的！"店主说，"我老婆会杀了我的。"

好吧，至少问过了，埃比尼泽暗想。他再次向门口走去，垂头丧气又无精打采。

"喂！"店主说，"您可不能就这么放弃。"

"我真的不知道该怎么办了，"埃比尼泽说，"动物园里

的家长太多了。"

"什么？"店主皱起眉头，"您问过孤儿院吗？"

"孤儿什么？"埃比尼泽没听明白，他之前从没听过这个词。

"嗯，您可以去孤儿院问问，过三个街区就到。菲兹维克女士是那儿的负责人，那里有好多无家可归的孩子呢。"

"那他们的父母呢？"埃比尼泽问。

"您问到点上了，那些孩子没有父母。他们有的死了，有的失踪了，还有的就是不知道什么原因，反正不在孩子身边。"

埃比尼泽吃了一惊，他从来不知道还有人过得如此悲惨。

"您觉得我能在星期六前领到一个孩子吗？"他问店主。

"我觉得能行。"

"棒极了，简直棒极了！"埃比尼泽打开钱包，掏出一大把钱塞给店主，感谢他出了个好主意，"您简直救了我的命！"

埃比尼泽跑出商店，跳上车。现在，他只需要找到孤儿院就行了。

挑孩子

孤儿院是一栋孤零零的丑陋的房子，窗框吱呀作响，墙上油漆剥落，大门旁钉着一块生锈的标牌，上面写着"小绅士和小淑女之家"。

埃比尼泽盯着孤儿院的大门耸了耸肩，心想居然会有人住在这种地方，难怪那么多孩子没人领，这可不是个能招徕客人的地方。

菲兹维克女士没等他下车就迎了上来。她又高又瘦，眉头紧锁，灰色的鬈发高高地堆在头顶。

"早上好。"埃比尼泽礼貌地说。

菲兹维克女士有些不高兴。"跟一位女士初次寒暄时，应当说'很高兴见到您'才对。您是来送孩子的还是想领一个孩子走？"

"我想领一个走，有劳您了。"埃比尼泽答道。

菲兹维克女士嘴角立刻露出一个微笑，她已经好几个星期没能送出孩子了。

"您早说呀，快进来！"

菲兹维克女士一心想要让埃比尼泽觉得宾至如归，笑容都快僵在脸上了。她长着一口烂糟糟的黄牙，牙床露出不健康的暗红色。

"如您所见，我把这里打理得井井有条，"她边说边领埃比尼泽走进孤儿院，"我坚信，只有在干净整洁的地方，才能培养出彬彬有礼的男孩和有教养的女孩。"

孤儿院里到处都灰扑扑、脏兮兮的，墙角还结着蜘蛛网。埃比尼泽以为这是句玩笑话，所以笑了出来。

"您看见什么有趣的东西了吗？"菲兹维克女士疑惑道。

"噢，没有。我只是突然想起了前两天电视上的一个笑话。"埃比尼泽答道。

菲兹维克女士又露出不快的神色，她不喜欢现代科技。"看电视可不是什么绅士行为。"

菲兹维克女士带着埃比尼泽走进自己的办公室，办公室门口挂着块牌子，写着"如无必要，小孩禁入！"。办公室里面比外面干净多了，墙角也没有蜘蛛网，还摆满了外面没有的漂亮玩意儿。

菲兹维克女士在文件和茶杯堆成小山的桌前坐下。

"我是个很整洁的人。"她一脸严肃地说，这次埃比尼泽没有笑出来，"您想喝点什么？"

埃比尼泽很渴，但他不相信这么邋遢的人能泡出什么好茶。

"不，我不渴，谢谢。"埃比尼泽说。

"那好吧，我这就帮您填写文件。"菲兹维克女士笨手笨脚地在桌上翻找了一阵子，才找到一张空白表格，"请问您尊姓大名？"

"埃比尼泽·崔泽。"

"您就住在附近吗？"

"对，五分钟车程，开得快的话只要三分钟。"

"棒极了。您的年龄？"

"五百一十一岁，这星期六就五百一十二岁了。"

菲兹维克女士抬起头看着埃比尼泽，脸上满是困惑。她把几缕鬈发捋到耳后，请埃比尼泽再回答一遍。

"三十岁,"埃比尼泽说,"对,我刚才说错了。我三十岁。老天爷,我可真年轻。"

"恕我冒昧,崔泽先生,您看起来比那还年轻呢,最多也就二十岁。"菲兹维克女士露出一个讨好的笑容。

尽管常听到这样的恭维,埃比尼泽还是每次都难掩得意之色。

"好了,不聊这个了,我们来办正事吧,"菲兹维克女士接着填表,"您想要一个什么样的孩子?"

"我不是个挑剔的人,"埃比尼泽说,"最便宜的就行。"

"最便宜的?"

"是的。但如果最便宜的品相太差,我也可以多出点钱买个好的。"

"崔泽先生,您知道孤儿院的领养方式吧?"菲兹维克女士狐疑地皱起了眉头,"这里不卖孩子,而是让人把孩子免费领养走!"

真是种奇特的经营方式,埃比尼泽想。如果菲兹维克女士能用孩子换钱,那她一定能把这里修整得漂亮些。不过,他不打算多嘴。

"棒极了,"埃比尼泽说,"那么下一步是?"

"您可以当面跟孩子们聊聊。我会选几个出来,让他们在办公室外面站成一排,这样您就能挨个儿面试。您想要几岁的?"

"我不介意年龄。"埃比尼泽说。

"那鞋码呢?这年头,很多人都喜欢穿四码鞋子的孩子。"

"我无所谓。"埃比尼泽说。

"崔泽先生,您一定有某些具体的要求吧。至少说一下您想要男孩还是女孩。"

"我真的不在乎,"埃比尼泽有些不耐烦了,他满脑子都是快些拿到长生不老药水,"说真的,是个孩子就行。"

菲兹维克女士希望埃比尼泽至少能提出一个要求,这样她就能把孩子更容易地摆脱掉。

"那好吧,"她说,"看来您是想见见所有孩子。希望您今天上午没有别的安排。"

菲兹维克女士把孤儿院的二十七个孩子全叫了过来,让他们在办公室外面排成一队。埃比尼泽则一直坐在办公室里,不耐烦地敲着桌子。

"这是第一个。她叫艾米·克鲁,刚来不久。进来,艾米，别扭扭捏捏的，你这样怪招人烦的。"菲兹维克女士说。

艾米是个害羞的小女孩，即使菲兹维克女士在旁边叫她别害羞也无济于事。她还不满三岁，跟一只立起来的网球拍差不多高。她紧张地把小脑袋探进屋里，怯怯地看着埃比尼泽。

"很高兴见到你。"埃比尼泽说着向艾米伸出一只手。

催促了数遍后，菲兹维克女士把艾米拖进了房间。艾米一只手紧紧抱着一只破破烂烂的粉色泰迪熊，另一只手朝埃比尼泽羞怯地挥了挥。

艾米太矮了，根本爬不上椅子。于是菲兹维克女士把她抱起来，让她站在桌子上。艾米朝埃比尼泽露出一个微笑，一旁的菲兹维克女士则嫌弃地在裤子上蹭了蹭手，生怕沾上什么脏东西。

"你噢！"艾米说。

"你说什么？"埃比尼泽没听懂。

"你噢！"艾米又挥了挥手，"你噢！你噢！你噢！"

埃比尼泽不知道该怎么回应。

"她正音课学得不太好，"菲兹维克女士不耐烦地叹了口气,"你是想说'你好',对吗,艾米,亲爱的?"

"噢,我明白了,"埃比尼泽被菲兹维克女士的大嗓门吓了一跳,"你噢,艾米,很高兴认识你。那么……你觉得今天的天气怎么样?是不是很糟糕?"

"嗯?"艾米歪歪脑袋。

菲兹维克女士解释说,艾米还在学说话,听不懂"天气""糟糕"这么复杂的词。菲兹维克女士建议埃比尼泽说点三岁小孩能听懂的话。

"啊,您说得对。"埃比尼泽说。

他没有太多和三岁小孩聊天的经验,很难找到合适的话题。但他突然灵光一闪,想到可以聊聊她的泰迪熊。

"这是个男生吧,他叫什么名字?"他指了指艾米手里的泰迪熊。

"不是男生!"艾米笑得前仰后合,险些从桌子上栽下去,"她是女生,叫莉莉皮小姐。"

"莉莉皮小姐?真是个好玩的名字。早上好呀,莉莉皮小姐,很高兴见到你。"埃比尼泽再次伸出手,这次是要和泰迪熊握手。

艾米哈哈大笑,桌子被晃得嘎吱作响。

"他真有趣,"艾米指着埃比尼泽说,"我喜弯(欢)他!"

埃比尼泽也很喜欢艾米。尽管她恐怕在演讲大赛里拿不了奖,而且需要学习控制笑声,但她的确非常可爱。

"崔泽先生,您觉得怎么样?您想今天就带艾米回家吗?"菲兹维克女士紧张地握紧了瘦骨嶙峋的双手。

"嗯,今天我就带她走。"埃比尼泽说。

艾米兴奋得尖叫起来,和莉莉皮小姐手拉手,在桌上跳起舞来。菲兹维克女士也高兴地尖叫一声,那一直僵在嘴角的微笑化作一个志得意满的大笑,露出了满嘴黄牙。

埃比尼泽也很高兴,他想,有艾米在家,日子一定比以前开心,跟艾米说话可比跟怪兽说话好玩多了。

想到怪兽,埃比尼泽倒吸了一口凉气。刚才他似乎忘了自己来孤儿院的目的,他来这儿不是要给自己找一个喜欢的小孩,而是要为自己的主人挑选晚餐。

"等等,不!"埃比尼泽突然说,"不、不、不,我不能带艾米走!她不是我想要的!"

艾米一下子不跳了,呆呆地站在桌上。她不再快乐地尖叫,而是伤心地抽泣起来。她伸出双臂,祈求一个拥抱。

菲兹维克女士怒气冲冲地把艾米砰地放到地上,叫她别再把鼻涕眼泪四处乱抹。埃比尼泽看了看自己的表,思索着还要多久才能选好,他已经觉得孤儿院有点无聊了。

"或许下一个会更合您的心意。"菲兹维克女士把艾米送出了门。

下一个进门的是个彬彬有礼的高个儿男孩。男孩名叫杰弗里,父母两年前在湖里淹死了,从那以后他就一直努力在做个好孩子,希望不辜负父母生前的期望。

走进办公室后,他在一个雪景球前面驻足片刻,球形玻璃里面有个迷你芭蕾舞演员在飘雪的街道上翩翩起舞。

"菲兹维克女士,请问这是我母亲的雪景球吗?"他问。

"你问这个干什么?我的办公室是最安全的地方。况且,打听一位淑女的私有物品是很不礼貌的行为。"

"我很抱歉,菲兹维克女士,下次一定不会了。"

埃比尼泽立刻感觉到,恐怕不能把善良的杰弗里喂给怪兽。

"下一个!"还没等杰弗里做完自我介绍,埃比尼泽就大喊道,"这个我也不想要。"

杰弗里被菲兹维克女士推出了门。埃比尼泽在接下来的二十分钟里又淘汰了十个孩子。这些孩子都太可爱了,他万万没想到，要找个坏孩子居然这么难。

"我还以为您不是个挑剔的人呢，"菲兹维克女士带着愠怒说，"您不是说随便哪个孩子都行吗？"

她的耐心快被埃比尼泽消耗殆尽了，介绍下一个孩子的时候，她的语气明显冷淡了下来。"这个叫哈罗德·奇肯，希望他能合您的眼缘。"

埃比尼泽几乎一眼就看出哈罗德·奇肯不合自己的眼缘。首先，他穿得太整齐了，一看就不是坏孩子。其次，他的微笑也过于友善了。

埃比尼泽刚要大喊"下一个！"，忽然听到走廊里传来

一阵厮打声。杰弗里狂喊着"救命!救命!",一个女孩则气势汹汹地冲他大吼"闭嘴,小臭耗子!"。

埃比尼泽直接从椅子上弹了起来,跟着菲兹维克女士去查看情况。只见杰弗里正被一个骨瘦如柴的小女孩死死按在地上,那女孩正是埃比尼泽在宠物鸟商店遇到的小姑娘。她一边把手里的虫子往杰弗里的鼻孔里塞,一边骂他"臭耗子!臭耗子!"。

"马上住手,贝萨妮!"菲兹维克女士尖着嗓子喊道。

贝萨妮气呼呼地从杰弗里身上起来,从对方的鼻孔里拿出手指和虫子。菲兹维克女士转身对埃比尼泽说:"崔泽先生,很抱歉让您看到这么不体面的事情,我应该把贝萨妮关在房间里的。"

"您不必道歉,"埃比尼泽笑开了花,"我还得谢谢您呢,您刚刚帮我找到了那个我想要带回家的孩子。"

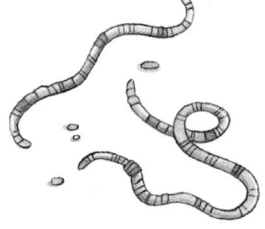

贝萨妮

"您想收养贝萨妮?!"菲兹维克女士惊讶得合不拢嘴。

他们一起回到办公室。她已经让孩子们都回房间了,只留下贝萨妮在走廊里等待。

"是的,拜托了,"埃比尼泽说,"有什么问题吗?"

"她可是个大麻烦。"菲兹维克女士噘了噘嘴。

她告诉埃比尼泽贝萨妮是如何在父母死于一场火灾之后来到了孤儿院,还警告埃比尼泽,贝萨妮一直就是个麻烦精。

自打来了孤儿院,贝萨妮就把所有的恶作剧都试了个遍。她在马桶的坐圈上涂强力胶,不小心坐上去的人在厕所里被困了好几天;她往糖罐里灌辣椒粉,毁了菲兹维克女士的下午茶；她还在楼梯上乱扔香蕉皮，让好些孩子摔成了狗啃泥。

菲兹维克女士说，贝萨妮淘气也就罢了，可她喜欢从捉弄别人中取乐。贝萨妮不像其他孩子，即使被批评了也从不后悔自责。不仅如此，她似乎还很以此为豪。

"我还从没碰到过这么不像样的女孩，"菲兹维克女士说，"您要是把她带回家，那可有的忙活了。"

"我相信我能搞定她。"埃比尼泽说。

"话可别说得太早，几年前也有位女士跟您一样。她自以为对孩子的事了如指掌，坚信自己能改造贝萨妮。"

"后来怎么样了？"

"她把贝萨妮带回了家，但三天后就送了回来，贝萨妮把她收藏的瓷娃娃全扔进了洗衣机。"

埃比尼泽越听越高兴，他很确定自己找到了一个适合喂给怪兽的"完美"小孩。

"贝萨妮一点规矩也不懂。她从不穿我挑选的漂亮裙子，吃起饭来像头牲口。我希望您在做出决定前再好好考虑考虑。"菲兹维克女士说。

埃比尼泽仔细考虑了三秒钟。

"我就想要贝萨妮。我保证,绝不会把她送回来。"

事情就这么愉快地决定了。菲兹维克女士告诉贝萨妮她有新家了,让她马上去收拾东西。等埃比尼泽填完所有表格,贝萨妮已经拎着自己的小箱子站在门外,箱子里面装着一把弹弓、一把牙刷、一只放屁坐垫、几件衣服、一张皱巴巴的照片、最后两条虫子和几本漫画书。

贝萨妮望向埃比尼泽,眼神中闪烁着顽皮的光芒。她已经瞄准了自己的最新目标,脑子里满是怎么折磨他的坏主意。

"现在后悔还来得及,崔泽先生,您确定要带走贝萨妮吗?"菲兹维克女士一脸怀疑,她觉得贝萨妮很快就会被送回来。

"相当确定,"埃比尼泽回答道,"再见。"

说完,他快活地吹着口哨,让贝萨妮上了车。

"你的口哨吹得真烂,听起来像是老太太把软糖从喉咙里咳出来。"贝萨妮边说边爬上汽车后座。

作为回应,埃比尼泽将口哨吹得更大声、更起劲。他发动引擎,刚要驶出孤儿院,却看见杰弗里朝这边跑来,男孩嘴里还大喊着:"等等!""停车!""噢,麻烦鬼,别走!"

"快开车！"贝萨妮朝埃比尼泽大吼道，"你这笨蛋，别傻坐着，快走！"

埃比尼泽当然不打算听从贝萨妮的指挥。他停下车，摇下车窗，等着杰弗里。

"非常……感谢……"杰弗里跑得上气不接下气。

"听着，你是个好孩子，但恐怕我不能带你回家。我已经决定收养贝萨妮，不要别的孩子了。"埃比尼泽说。

"耶！说得对，所以滚开吧，你这只臭耗子！"贝萨妮说。

"我不是……要说……这个……"杰弗里喘了两口气，"我是为了要回自己的东西，贝萨妮拿走了我的东西，那是我父母留给我的遗物。"

埃比尼泽挑起眉毛看了看贝萨妮。他没有发火，只是等不及要回家。贝萨妮皱起了眉头。

"拿去，臭耗子。"贝萨妮从她的小箱子里拿出剩下的

最后两条虫子，扔出车窗。

埃比尼泽开车驶离孤儿院。

他没听到杰弗里在车后大喊："不是虫子，是漫画！她偷走了我的漫画！"

"还会有别人来追我们吗？"埃比尼泽问贝萨妮。

"不会了，只有他。"贝萨妮说，她现在有点后悔没从其他人那儿也偷点什么。

"他就是那个被你往鼻孔里塞虫子的人吧？你为什么老欺负他？"

"因为他是个臭耗子。"贝萨妮说。

"行吧，有道理。"埃比尼泽说。

他们在沉默中度过了剩下的路程。贝萨妮翻看着杰弗里的漫画，埃比尼泽在后视镜里看了看自己，发现右眼角已经出现了淡淡的鱼尾纹。

"必须弄到那瓶药水。"他喃喃自语道。

"你说什么？"贝萨妮问。

"没什么，不关你的事。好了，我们到了。欢迎来到你的新家！"

贝萨妮抬头看了看那栋十五层高、十二头大象宽的豪宅，耸了耸肩，继续低头看漫画。

"你不打算说点'哇''天啦'之类的话吗？"埃比尼泽问。

"不，"贝萨妮说，"浪费空间这事没什么好惊叹的。"

埃比尼泽的脸唰的一下红了。他正想朝贝萨妮发火，但转念一想似乎也没有必要，反正她很快就要成为怪兽的盘中餐了。

"那走吧，我们进屋。"埃比尼泽说。

"必须进去吗？车里应该比那栋破房子舒服多了。"贝萨妮说。

"这栋破房子比三座城堡加起来都值钱！"埃比尼泽终于按捺不住，大声喊道。

贝萨妮咧嘴一笑，很是得意自己轻而易举就惹恼了埃比尼泽。她把漫画书塞回手提箱里，跳下了车。

"我要自己挑房间。"她跟在埃比尼泽身后进屋时说，"我的房间要比你的大。"

"都行，"埃比尼泽说，"但我想让你先见个人。嗯……准确地说，是先见一样东西。"

埃比尼泽望着贝萨妮，发现自己产生了一种全新的感觉：有生以来头一回，他无比期待把食物喂到怪兽嘴里。

会移动的美餐

"这东西住在顶层,"埃比尼泽说,"它正无比期待和你见面呢。"

"如果它那么期待见到我,为什么不自己下楼来?"贝萨妮问。

"它不爱动,除非有特殊情况。"

埃比尼泽向楼上走去,贝萨妮不情不愿地跟在后面。她不断地对楼梯两边的名画和古董评头论足,以至于让这段路程无比漫长。她一会儿批评画像上的脸不对劲,一会儿挑剔说画面颜色不够鲜艳,一会儿又评判说"太无聊了"。

当他们爬到顶楼时,埃比尼泽真恨不得把贝萨妮推下楼梯。还好他克制住了自己,他知道怪兽喜欢新鲜的食物。

"尽量别害怕,"埃比尼泽说,"如果你表现出害怕的样子,它就不喜欢你了。"

"如果它打算吓我,那它就不可能喜欢我!"贝萨妮说。

埃比尼泽翻了个白眼,心想她很快就会明白,谁都不讨怪兽喜欢。他推开吱吱呀呀的旧门,打开灯,房间里弥漫着强烈的烂白菜和死鹦鹉的味道。

"呃——真难闻!"贝萨妮用两根细细的手指头堵住了鼻孔。

"换了我可不会这么说,它不喜欢别人评价它的体味。"埃比尼泽悄声说,"千万别大吼或尖叫,那些声音在这儿可不受欢迎。"

"看来它肯定也不爱洗澡,"贝萨妮堵着鼻孔说,"它听说过沐浴露这种东西吗?"

埃比尼泽一把拉开红色的天鹅绒帘幕,帘后露出了闷闷不乐的怪兽。显然,帘幕不隔音。

一看到怪兽,贝萨妮就拼命尖叫起来。她把瘦瘦巴巴、带着鼻屎的手指从鼻孔里拿出来,指向了怪兽。

"咦,好恶心!"贝萨妮扯着嗓子喊道,"这东西太恶心了!简直是一团灰不溜秋、又老又可怕、长着眼睛和舌头的大脓包!"

"别听她的,"埃比尼泽安慰怪兽,"她说话没过脑子。你一点也不老,更不可怕,你是一团威风凛凛的大脓包!"

怪兽把三只眼睛转向埃比尼泽,每只眼睛里都看不出

高兴的意思。

"我的意思是,你压根儿不是什么大脓包。当然了,你怎么会是大脓包呢!"埃比尼泽立即找补道,"我是想说,你是……你是……"

"我饿了。"怪兽说。

"对,没错!你饿了!"埃比尼泽如释重负。

怪兽把眼睛转向贝萨妮,看向她的目光绝非友善。

"你这个小孩很没礼貌,所有小孩都像你一样无礼吗?"怪兽问道。

"我不知道,我又不认识世界上的所有小孩。那怪兽呢?都跟你一样黏糊糊、丑兮兮的吗?"贝萨妮问。

埃比尼泽感觉受够了,是时候让贝萨妮闭嘴了。他完全无法想象上次收养她的那位女士怎么能足足忍受三天。

"你希望贝萨妮走近一点,好让你看仔细点吗?"埃比尼泽问。

"我一步都不会靠近那东西,除非它能学会刷牙!"贝萨妮说,"它的嘴巴比兔子屎还臭!"

"贝萨妮,我不管你怎么想。你必须听话,如果怪兽想让你靠近点——"

"我不想让她靠近，"怪兽打断了埃比尼泽的话，"我从这儿就能看得很清楚了。老实说，我已经看够了。"

"棒极了！"贝萨妮一声欢呼，飞一般地跑出房间，冲下楼梯。

埃比尼泽被怪兽的回答惊到了，甚至忘了拦住贝萨妮。怪兽怎么这么快就放弃了自己的晚餐？

他疑惑地看向怪兽，想要一个解释。但怪兽似乎并没这个打算，它的三只眼睛冷冷地盯着贝萨妮欢欣鼓舞离开时的门口。

埃比尼泽没再多说话，他不想惹恼怪兽。整个房间陷入一片沉默，只能听见楼下贝萨妮跺脚摔门的声音。

"我对你很失望，埃比尼泽，"沉默良久后，怪兽终于开了口，"几个世纪以来，你从未让我失望过。我想吃豹子，你就把丛林翻个底朝天，给我捉来最壮的。我想吃泰坦尼克号的残骸，你就买了潜水装备，潜去深海给我打捞。但现在，我仅仅向你要了一样这简单的东西，你却让我失望了。"

"我明白、我明白，很抱歉，"埃比尼泽说，"选贝萨妮就是个错误。她太可怕了，我根本不该带她来见你。"

怪兽看起来很困惑。

"让我失望的不是她的坏脾气。她很有个性,味道肯定与众不同。"怪兽解释道。

这下轮到埃比尼泽困惑了,他目瞪口呆地望着怪兽。

"噢,埃比尼泽,我非得什么都给你解释清楚才行吗?拜托,动动脑子。我跟你说我想吃什么?"

"你……你说想吃个小孩,不对吗?"

"啊,对,但不是随便一个小孩。我说我想吃个鲜嫩多汁、胖乎乎的小孩!我想要一个肉多的,这样才能一口咬出肉汁来,而不是你给我带来的这个皮包骨头的小东西。这是我第一次吃小孩,我想要的是一顿丰盛的晚餐,而不是塞牙缝的零食。我要吃肉,不是啃骨头。"

"啊,没错,我懂了。"埃比尼泽拼命地点头、拍手,做出恍然大悟的样子,"这容易!我这就把贝萨妮送回去,看看菲兹维克女士那儿有没有胖一点的孩子。"

"不!"怪兽愤怒地扭动起来,"那不是我想要的!"

埃比尼泽耐心地等它平静下来。

"那你想要什么?"埃比尼泽用最温柔的嗓音安抚道。

"我就要吃贝萨妮!我要大嚼特嚼,让她知道一团黏糊糊的灰色大脓包有多可怕。但我想等她多长点肉再吃。"

"那她什么时候才能多长点肉呢？"埃比尼泽问。

"等你把她喂胖了以后，动动脑子！今天是星期二，对吗？"

埃比尼泽点点头。

"你星期六才需要药水，三天足够你把一个小孩喂胖了！"

一想到要和贝萨妮共度三天，埃比尼泽就不寒而栗。此时此刻，他宁愿把自己的脚踝剁下来，也不想再跟贝萨妮多待一秒钟。

"但是，求求你——"埃比尼泽哀求道。

"没有'但是'，埃比尼泽，"怪兽说，"如果你胆敢再让我失望，那你以后就别指望我那么大方送你礼物了。"

大喂一场

埃比尼泽头一次发现还有自己解决不了的问题,而且是个大难题。

这个难题就是,贝萨妮不够胖。如果他还想光鲜亮丽、没有皱纹地活下去,就必须想办法尽快让这个瘦骨嶙峋的小姑娘胖起来。

埃比尼泽走下楼梯,思索着到底有没有办法能让他在今天内就摆脱贝萨妮。他想了好几个办法,但都是两败俱伤的馊点子。

第一个主意是偷偷溜进医院偷几根针管,给贝萨妮打几针巧克力饼干进去。这个计划看似天衣无缝,唯一的漏洞是,埃比尼泽一见到医疗器械就会呕吐不止。

另一个办法乍看起来也不错。为了不和贝萨妮共度三天，埃比尼泽觉得可以耍个花招儿，把怪兽糊弄过去。他可以给贝萨妮穿上好几层衣服，至少七件毛衣、三条半长裤，然后再把她送到怪兽跟前，声称她已经符合食用标准。

但仔细一想，这个计划也有两个漏洞。首先是埃比尼泽可能很难说服贝萨妮穿上七件毛衣和三条半长裤。即使他成功强迫她穿上这身可笑的衣服，事后也很难跟怪兽解释，为什么一个孩子的味道尝起来跟一堆布料差不多。怪兽很可能会发火，朝他喷出一堆火焰和锤子。

第三个主意是埃比尼泽走到十一楼的时候想出来的。他停下脚步，审视着墙上的艺术品。

十一楼这里挂着几幅埃比尼泽心爱的藏品，包括一位鼻子长反的女士画像和一对愁眉苦脸的新婚夫妇画像。离楼梯最远的墙角处还挂着一幅画，画的是一颗叼着烟的骷髅头。

埃比尼泽对艺术不太了解，也不太在乎这些画作本身，他喜欢这些藏品只是因为人们把它们视若珍宝。

他用怪兽吐出的巨额财富在拍卖会上打败了数十个美术馆和博物馆的馆长，将这些宝贝据为己有。人们嫉妒的目光让他无比满足。

即便埃比尼泽对艺术没有那么大兴趣,但也还是有自己最爱的作品。它也挂在十一楼,是一幅书本大小的画像,名为《黄金男孩》。

这幅画给埃比尼泽带来了无数快乐,现在,又给他带来了灵感。

埃比尼泽站在《黄金男孩》面前,盘算着自己的第三个计划,也是目前看起来最可行的一个。他决定要耐心一点。

画中的男孩无忧无虑地笑着,眼睛闪闪发光,仿佛在告诉埃比尼泽一切都会顺利的。他似乎在说:"别担心,你这个英俊的恶魔,你一定可以撑过这艰难的三天。"

埃比尼泽对着画像点了点头。"没错,"他说,"没错,我是个英俊的恶魔。没错,我可以做到!跟五百一十一年比起来,三天算得了什么?"

埃比尼泽继续往楼下走,脚步比之前轻盈多了。他看到贝萨妮已经入侵了每个她能打开的房间,把里面折腾得一塌糊涂。她拍扁了羽毛枕头,弄皱了床单,把衣柜和壁橱翻了个底朝天,在地毯上留下泥脚印,还推倒了几件家具。

埃比尼泽本来可能会气得发抖,但他似乎很平静。脑海中的黄金男孩抚慰了他,他只是耸耸肩,对贝萨妮惹出的麻烦一笑置之。

他信步走进厨房,看到贝萨妮正坐在餐桌旁笑嘻嘻地等着自己。她很高兴看到埃比尼泽,这意味着又有人可以让她捉弄了。

"口臭怪的事情你解决了?"她问。

"很快,口臭怪就会把你解决掉。"埃比尼泽嘟囔道。

"你说什么?"贝萨妮停下来,抠抠鼻孔继续道,"别管它了,我饿了!"

"口臭怪也饿了。"

"赶紧闭嘴,随便弄点吃的来。"

埃比尼泽盘算着是不是该把贝萨妮扔进烤箱,大火烘烤四十五到五十分钟,然后装盘端给怪兽。但他还是保持了冷静。

埃比尼泽给贝萨妮"随便"奉上了八片冷烤牛肉和一块芜菁蛋奶酥。贝萨妮端起盘子,摔到了墙上。

"不要!"她大喊道,"我不吃这个!"

埃比尼泽又做了意大利碎肉卷、龙虾焗土豆和一碗花椰菜煎饺,得到的还是贝萨妮的大吼。为了避免难堪,埃比尼泽让贝萨妮给他点提示,告诉自己她究竟想吃什么。

"我要巧克力蛋糕!冰激凌!还有超甜太妃酱!"

贝萨妮露出得意扬扬的笑容,期待着埃比尼泽告诉她不能吃这些垃圾食品。但埃比尼泽压根儿没有生气,他打开装甜品的冰箱中的一个,把贝萨妮想吃的东西一股脑儿拿了出来。

贝萨妮很失望,她的目的是让埃比尼泽生气。于是,她又提出了新的要求:"我想要一大块蛋糕,超级超级大的一块。"

"悉听尊便。"埃比尼泽说。

埃比尼泽无所谓的态度激怒了贝萨妮,她狼吞虎咽地吃下第一块蛋糕,又要第二块。

"这次我要更大的。"她说。

于是埃比尼泽切了另一块蛋糕,比第一块还

大，还在上面放了一大团香草冰激凌，并挤了更多的超甜太妃酱。这让贝萨妮起了疑心。

"我知道你的把戏，你想耍我，"吃完第二块蛋糕后，她说，"你想让我以为你不在乎。可这些把戏在我这儿都没用！我才不会让你赢，我要一直吃下去！再给我来一块！"

埃比尼泽又给贝萨妮切了一块，她狼吞虎咽地吃了下去。

"再来一块！"

埃比尼泽又切了一块。

"再来一块！"

埃比尼泽继续切了一块。

"再来！"

"等等，我得去拿个新蛋糕来。"埃比尼泽说。

埃比尼泽惊讶于贝萨妮的好胃口，但这也让他的任务容易多了。按照这个速度，她午夜时分就能长成一座小屋那么大。

可惜的是，贝萨妮的肚子开始发出一种古怪的声音，听起来不太对劲，那是强迫肚子在五分钟内消化掉一整个巧克力蛋糕时，它会发出的声音。

贝萨妮肚子发出的声音听起来越来越尖厉，越来越急促,仿佛在向贝萨妮抗议,叫她停下来。

"不,说真的,不要了!"贝萨妮冲正在切蛋糕的埃比尼泽吼道,"别再给我了!"

"你刚才不还说要一直吃下去吗?"埃比尼泽问。

他还是切下了一块蛋糕,挖了半桶冰激凌放在旁边,又把剩下的太妃酱全部挤到上面。

"你不想输给我,对吧?"他说。

不服输的劲头让贝萨妮再次举起了叉子。她用颤抖的手叉起一块蛋糕送到嘴边,眉头都拧成了结。

"来呀,吃下去,"埃比尼泽等了几秒钟后说,"还是说你打算认输?"

贝萨妮心一横、眼一闭,把蛋糕塞进了嘴里。那块甜得发腻的蛋糕缓缓滑进她的喉咙,溜进胃里。

"噢!"贝萨妮紧紧捂着尖叫的肚皮,"我不行了,一点也吃不下了。"

埃比尼泽心里五味杂陈。他既失望又高兴,失望的是贝萨妮吃不下了,高兴的是自己在这件事上打败了她。

"你可真是个没用鬼,"埃比尼泽说,"我把蛋糕留在这儿,让你记住自己输得有多惨。"

埃比尼泽走出厨房,穿上自己第三好的大衣,径直向大门走去。

"你去干什么?!"贝萨妮追在他后面大喊。

"去看电影,最近新上了一部超级英雄片。"

"我也喜欢看电影。"贝萨妮说。

"你也喜欢?真有意思。可惜我从不跟没用鬼看电影。"

埃比尼泽重重摔上大门。对贝萨妮以牙还牙,他感觉好极了。

消失的蛋糕

电影很无聊,满屏幕都是些飞来飞去、大喊大叫的人。前座的人被里面蹩脚的俏皮话逗得大笑个不停,惹得埃比尼泽更为恼火。

一肚子气的埃比尼泽回到家,发现屋子里静悄悄的,贝萨妮不知去向。他的心情一下子雀跃起来,她一定是自己上床睡觉了。

发现厨房里的蛋糕全都不见了的时候,埃比尼泽的心情更好了,贝萨妮一定把蛋糕全吃了。吃了整整两个巧克力蛋糕,她一定足够充当怪兽的一顿晚餐了吧?

埃比尼泽抑制不住自己的好奇心,想去瞧瞧贝萨妮现在有多胖了。

他一步两级地爬上楼梯，奔向八楼。八楼有整栋宅子里最大的卧室，贝萨妮一定睡在那里。埃比尼泽朝八楼的卧室里瞅了一眼，发现贝萨妮像只海星一样四仰八叉地躺在床上，鼾声连连，手指上还沾着蛋糕。

埃比尼泽蹑手蹑脚地溜进房间，想看清楚些，结果却大失所望。

跟他出门前比起来，贝萨妮似乎并没有变胖。还有一点很奇怪：她的手指上沾满了巧克力蛋糕，嘴边却没有。埃比尼泽糊涂了，这到底是怎么回事？

在旁边的床头柜上，摆着一张贝萨妮从她的小箱子里拿出来的皱巴巴的照片。那是一张褪色的黑白照片，上面有个留着八字胡的男人和一个没胡子的女人，他们坐在满是鹅卵石的海滩上，男人抱着一个闷闷不乐的婴儿，女人则举着一张大报纸。

埃比尼泽把照片放回原处，悄悄地离开了房间。他的卧室在十四层，他继续朝楼上走去。

走着走着，他发现墙上的名画和古董似乎有点不对劲。埃比尼泽凑近一看，立刻倒抽了一口凉气。

"噢！不不不！"他立刻明白了贝萨妮手指上的巧克力

蛋糕是怎么回事。

贝萨妮压根儿就没有吃第二个蛋糕,而是把它涂到了埃比尼泽收藏的艺术品上。他赶紧奔向十一楼,查看自己那些心爱的藏品。

情况比他预想的还要糟糕:贝萨妮给鼻子长反的女士用巧克力画了副眼镜;她还用冰激凌给那对愁眉苦脸的新婚夫妇画了笑脸,现在他们看起来幸福多了;而抽烟的骷髅头则被她用超甜太妃酱添上了酷炫的头发。

埃比尼泽赶紧奔向自己最爱的《黄金男孩》,眼前的景象让他膝盖一软,跪在地上。

"噢,不!她对你做了什么?!"埃比尼泽抽泣着说。

男孩的头发全被巧克力蛋糕染黑了,还被添上了超甜太妃酱的小胡子,他现在不再熠熠生辉,而是有些滑稽可笑。

在画像下面,贝萨妮写下了巧克力味的留言:

亲爱的埃比尼泽:

你应该带我去看电影的。

爱你的,

没用鬼

埃比尼泽旋风般冲向顶楼，滚烫的泪水盈满了他的眼眶。他一把推开阁楼的门，惊讶地发现怪兽没在帘幕后面。

怪兽正扭动着身子，想从房间这头移动到另一头。它的动作非常缓慢吃力，黏糊糊、糖浆似的汗珠像雨点一样砸到地板上。埃比尼泽赶紧冲过去扶它。"出什么事了吗？"

"我没事！"怪兽显然不是没事的样子。它大口喘着粗气，费力地转动着三只眼睛。"我在锻炼！"

怪兽平时从不锻炼，甚至几乎不挪窝。它这突然的转变让埃比尼泽吃了一惊。

"是因为贝萨妮叫你大脓包吗？"他问。

"与她无关。"怪兽气冲冲地说。它在房间中央坐了下来，低沉地舒了口气，"你来这儿干什么？"

"我再也没法忍受贝萨妮了！她毁了我所有的名画和古董。它们无一幸免，全都被糊上了巧克力蛋糕！"

怪兽打了个哈欠，三只眼睛都无精打采地垂了下来。

"求求你了，求求你在她干出其他坏事之前把她吃了吧！"埃比尼泽乞求道。

听到这话，怪兽忽然来了精神，三只眼睛瞪得溜圆。

"你早说呀，老伙计。你是说，她现在胖到足够给我当晚餐了吗?"

埃比尼泽盯着自己的脚尖,支支吾吾地说:"她比昨天稍微胖了一点……"

"说实话,埃比尼泽,她身上的肉够多了吗?"

"可能不够。噢,但我真的受不了她了。你知道她对我的《黄金男孩》做了什么吗?"

"我不知道,而且很抱歉我也不关心。"怪兽说,"说真的,你又惹我生气了。我给了你永恒的青春,对你有求必应。我现在唯一要求的就是让你替我照顾一个小女孩,把她养胖。如果你连个小孩子都管不住,那就不是我的问题了。"

"但那些名画和古董全毁了!"

怪兽叹了口气,闭上三只黑溜溜的眼睛和淌着口水的大嘴。它扭动身体,发出低沉的嗡嗡声。随后,它突然张开嘴,吐出一大堆清洁用品,有抹布、海绵、洗洁精和那种长得像坏牙刷的歪头小刷子。上面沾上的口水很少,怪兽从没有吐出过这么干净的东西。埃比尼泽弯下腰,把这些东西全都捡了起来。

"谢谢你!"他抱着清洁用品朝外走,"太谢谢你了!"

"埃比尼泽,如果你搞不定贝萨妮,尽可以来找我。不过,你的哀号已经快让我失去耐心了,我不想对你发脾气,你知道后果的。"怪兽最后说道。

埃比尼泽用怪兽吐出的所有工具努力清洗着他心爱的名画。他耐心地一点点擦掉了鼻子长反的女士脸上的眼镜和骷髅头上的秀发,又修复了新婚夫妇的画像,让他们恢复了相看两厌的表情。

最后,他开始清洗《黄金男孩》。他花了大把时间,比之前都要仔细,努力修复着他最爱的画像。经过一个小时的细致清洗,黄金男孩终于恢复了熠熠生辉的美貌。

埃比尼泽决定等贝萨妮进了怪兽肚子后,再清洗剩下的艺术品,以防她再搞出什么新的破坏。

这么一顿忙活下来,埃比尼泽累坏了。他爬上自己的床,一头栽进枕头里,枕头发出了放屁的声音。

"怎么回事?"

埃比尼泽一下子从床上弹起来,疑惑地看向自己的枕头。他再次躺下,枕头又放了个屁。他把手伸进枕头下面,拽出了贝萨妮的放屁坐垫。

"够了!"他冲着空荡荡的房间咆哮,愤怒地捶了一下坐垫,它又放出了屁声,"我必须想个法子治治她。"

心生一计

一夜安眠能让大脑重获新生,让思维恢复敏捷。如果幸运的话,还能让人想出解决最棘手问题的好主意。

这个星期三的清晨,埃比尼泽非常幸运,因为他想出了对付贝萨妮的好主意。真是个高明的主意,埃比尼泽这样想着,不禁露出了微笑。

"对!这个法子一定会奏效!"他自言自语道。

他兴奋地跳下床,但身体似乎还没有苏醒过来,腿部的骨头隐隐作痛,以致他几乎花了平时两倍的时间才走到了卫生间。

埃比尼泽朝镜子里一看,立刻尖叫起来。他的双眼周围布满了皱纹,头发也失去了平时的色泽——长生不老药水的魔力正在消失。

"我必须摆脱那个小孩。"埃比尼泽对着镜中的自己说。

埃比尼泽刷了牙,上了厕所,然后洗了个晨间泡泡浴。洗漱完毕,他换好衣服,走下楼梯。他拿出堆成小山的食物,这些都是给贝萨妮准备的早餐。为了确保她全部吃掉,他还在桌上放了张字条,上面写着:千万别吃!

然后他回到自己的房间里,假装睡觉。大约一小时后,贝萨妮起床了,她砰砰砰地跳下楼,尖声哼唱着一首恼人的歌。埃比尼泽听到她快活的大笑声,知道她一定看到餐桌上的食物和字条了。

埃比尼泽等了三十分钟,才再次走进厨房。只见贝萨妮正翻着杰弗里的漫画书,吃下第四个葡萄干面包,手边放着三个空了的粥碗。

"噢，不！你都干了些什么？"埃比尼泽做出一个惊恐至极的表情，努力掩饰自己得意的微笑，然后又努力装出十分生气的模样。

"吃早饭呗。"贝萨妮答道。

"噢，真可惜，"埃比尼泽撒了个谎，"我还想跟你一起吃早饭呢，这样我就可以给你讲讲怪兽的魔法了。"

"我还以为你不想跟没用鬼一起吃早饭呢。"贝萨妮顿了顿，从漫画书上抬起头来，"你说的'魔法'是什么意思？"

没想到计划进行得如此顺利，埃比尼泽竭尽全力才没让自己欢呼出来。

"没关系，我下次再给你讲。现在已经晚了，你把这次机会毁了。"他说。

"不，现在就给我讲！"贝萨妮暴跳如雷，一拳砸在餐桌上，橙汁壶都被震得晃了三晃。

"好吧好吧，别激动，"埃比尼泽说，"我只是想要告诉你，怪兽会魔法，而且——"

"它的魔法包括口臭吗？"贝萨妮问。

"不包括。如果你再打断我，我就什么也不告诉你了。"

贝萨妮在嘴边做了个拉拉链的手势，向埃比尼泽示意她不会再插嘴了。

"谢谢。事情是这样的,"埃比尼泽说,"怪兽可以在肚子里变出各种东西,你只要告诉它你想要什么,它就会开始扭动、哼哼,然后——把你想要的东西吐出来!"

贝萨妮在嘴边又做了个拉开拉链的动作。"我不相信,"她说,"会魔法的怪兽是不存在的。"

"啊,可它们真的存在,这栋房子里就有一只。你看到窗边那架迷你钢琴了吗?那就是它变出来的。"

贝萨妮站起来,大步走到钢琴旁边。她试着弹了《矮胖子之歌》和《小星星》,想看看钢琴是不是真的能用。

"还有客厅里那台巨大的电视,那是怪兽上个月送给我的。"

贝萨妮走进客厅,看了五分钟动画片,验证电视是否真的能看。

然后她走回厨房,用怀疑的眼神打量着埃比尼泽。她还是不太相信他。

"所以你想要什么怪兽都可以满足你?"

"对。"

"任何东西都可以变出来?"

"嗯哼。"

"那你为什么只跟它要了电视和迷你钢琴？"

埃比尼泽哈哈大笑起来，这真是个好问题。

"要钢琴是为了折磨我的邻居，要电视是因为我从来不看书。"他答道，"但我以前还要过许多有意思的东西。"

"你得到过的最有意思的东西是什么？"

"大概是独木舟，噢，也可能是那件隐形雨衣。"

"噢，所以它还能给你有魔法的东西？听起来挺像那么回事。"

"不是挺像那么回事，"埃比尼泽有些恼火，"这就是事实！看看我的脸，你觉得老吗？"

"你的眼角有些皱纹。"贝萨妮答道。

埃比尼泽苦笑了一下。"别管那个。我想说的是，你看我像快五百一十二岁的人吗？我看起来年轻极了，这多亏了怪兽每年给我的长生不老药水。"

贝萨妮坐在餐桌旁，又拿起一块糕点。她眉头紧锁，全神贯注，像在努力消化着埃比尼泽的话。两分钟后，她才开口问了下一个问题。

"为什么？"

"什么为什么？"埃比尼泽反问道。

"怪兽为什么要这么做？它为什么对人有求必应？"

现在该埃比尼泽撒谎了。为了让计划进行下去，他必须让贝萨妮相信他说的每一个字。

"事情是这样的，怪兽不是随便谁的愿望都会满足。我一大早告诉你这些是有原因的，"他尽可能让自己的语调听起来可信，"只有那些一醒来就好好表现的人，怪兽才会满足他们的愿望。如果一整天都表现良好，怪兽就会对他有求必应。"

贝萨妮坐直了身子，吓得张大了嘴，嘴里的半块糕点掉到了地板上。"必须一整天吗？一小时之类的不行吗？"

"你没听错，就得是一整天。"

"哼，那今天就不用指望啦，我一大早就已经做过淘气事了。你看到我的弹弓了吗？"

"等等，等一下！"埃比尼泽说，"其实，仔细想想，我觉得你今天还有机会。如果剩下的时间你都能乖乖的，我或许能说服怪兽满足你的心愿。"

贝萨妮又停下来想了想。她把掉在地上的糕点捡起来，塞进了嘴里。

"你确定无论我想要什么,怪兽都能给我?"贝萨妮问。出人意料的是,她的语气里充满了期待。

"是的,千真万确。"埃比尼泽答道。

"那好吧,埃比尼泽。就这一天,我会好好表现的!"贝萨妮郑重其事地宣布。但三秒钟后,她又皱起了眉头。"你能告诉我什么叫好好表现吗?"

埃比尼泽费了很大的劲,给贝萨妮解释怎么做一个乖小孩。他告诉她,如果她想从怪兽那里得到自己想要的东西,就不能搞恶作剧,不能在房子里胡作非为。他告诉贝萨妮,可以从清理艺术品上的巧克力蛋糕开始。

埃比尼泽的确希望自己的计划能够成功,但没想到能这么成功。贝萨妮在三个小时内就把所有画像和古董利落地清洗干净了;埃比尼泽告诉她得好好吃饭才算听话后,她又吃下了整整两碗西蓝花。

贝萨妮显然有想要的东西,不然她不可能这么乖巧。埃比尼泽好奇她到底想要什么,于是带她去了阁楼。

"你不是说我得一整天都乖乖的吗?"贝萨妮问,"我才乖了几个小时,怪兽会实现我的愿望吗?"

"会的,我相信它会的,因为你表现得太棒了。"埃比尼泽说。

"哈哈哈,那它也太好骗了吧。"她说。

埃比尼泽在九楼停下,休息了一会儿。对于现在的他来说,一口气爬上十五楼实在是不容易。药水的魔力正在消退,他的膝盖嘎吱作响,胸口也开始发闷。

"你怎么了?"贝萨妮问,"为什么你眼角的皱纹越来越多了?"

"别在意,"埃比尼泽回应道,"告诉我,你想从怪兽那里得到什么?"

"告诉你也行,"贝萨妮说,"但你得保证不告诉别人。"

"我对天、对地、对你发誓。"埃比尼泽说。

"好吧,那我悄悄告诉你。"

埃比尼泽弯下腰,把耳朵凑到贝萨妮跟前。贝萨妮深吸一口气,朝埃比尼泽的耳朵呸了一声。"不关你的事。"她说。

埃比尼泽做了个深呼吸,又继续往上爬。到达阁楼门前的时候,埃比尼泽叫贝萨妮稍等一会儿。

"我去去就来,我得先去告诉怪兽你表现得有多好。"

埃比尼泽穿过吱呀作响的老旧大门,把不耐烦的贝萨妮留在门外。他戳了戳怪兽的肚子，把它叫醒。

"噢，又怎么了，埃比尼泽？"怪兽问道，它刚才正在梦中美滋滋地品尝多毛毒蜘蛛。

"你还记得你说过，会帮我一起搞定贝萨妮吧？"埃比尼泽问。

"我说过吗？我忘了。"

"你说过。如果你现在能实现贝萨妮一个愿望，那就是帮了大忙了。我已经让她乖乖听话了几小时，但要继续保持下去需要你给她点奖励。"

"你是不是把我当马戏团的猴子耍呢，埃比尼泽！"怪兽舔了舔嘴唇，心想马戏团的猴子该有多么美味，"听着，我不是什么神灯里的精灵，只会整天满足小孩子的愿望！"

"噢，我当然知道。"埃比尼泽说，"很抱歉打扰你，但你真的能帮上大忙。如果能骗她当个好孩子，我就能很快把她喂胖。"

"好吧，让她进来。"怪兽不情愿地说。

贝萨妮走进房间，房里的味道比她上次来的时候更难闻了，她不得不努力克制，才没说出难听的话。

"我听说你今天表现不错，是真的吗？"怪兽细细打量

着贝萨妮，想看看她到底长胖了多少。

"是的，我已经快四个小时没有捣乱了。听说你会魔法，是真的吗？"贝萨妮问道。

作为回答，怪兽扭动着身子哼哼起来，然后吐出了一顶大礼帽和一大堆手帕。不一会儿，它又打了个嗝儿，吐出一根玩具魔杖来。

"哇！太酷了！我反胃的时候可吐不出这些东西！"贝萨妮说。

"别闲扯了，"怪兽说，"你想要什么？"

只见贝萨妮摆弄着毛衣，咬着大拇指，在房间里不安地走来走去。埃比尼泽摸不着头脑，她为什么这么紧张？

"无论我的愿望是什么，你都能实现吗？什么都行？"她问怪兽。

"千真万确。如果你已经有目标了，就快说出来。"

贝萨妮站定脚步，深吸一口气，闭上眼睛说出了愿望。

"我想要……我的爸爸妈妈。"

"什么?!"埃比尼泽在墙角发出一声惊叫。

"别插话，这不关你的事。"贝萨妮打断了他。她又转向怪兽，充满期待地说，"你能把我的爸爸妈妈带回来吗？

他们都在火灾中去世了。"怪兽听到这里，露出了笑容，三只眼睛闪着兴奋的光芒。

"稍等片刻，贝萨妮，"埃比尼泽说，"很抱歉，我该早告诉你的，怪兽无法——"

"嘘，埃比尼泽！"怪兽打断了他，"这个小姑娘说得没错，不关你的事。"

"你的意思是,你真的能把他们变出来？"贝萨妮问，"你能帮我吗？"

"当然可以！"怪兽说。

"听着，这不是开玩笑，"埃比尼泽说，"说真的，别闹了。我们——"

贝萨妮和怪兽不约而同嘘了埃比尼泽，嫌他碍事。

"现在，贝萨妮，请告诉我，你的爸爸妈妈长什么样子。"

"妈妈是个长着大耳朵和八字胡的男人，爸爸是个高个子的金发女人。"贝萨妮像竹筒倒豆子一样兴奋地说完，然后想了想说，"对不起，我说反了。爸爸长着八字胡和大耳朵，妈妈个子很高，金头发。"

"棒极了。他们的性格怎么样？是和蔼可亲，还是凶狠可憎？"

"当然是和蔼可亲了!我听说他们是最善良……"贝萨妮突然停了下来,因为她说着说着哽咽了。她擦掉泪水,继续道,"你真的能把他们带回来吗?"

"当然可以,"怪兽答道,"过来,站近点,张开双手,准备拥抱他们吧。"

贝萨妮敞开怀抱朝怪兽跑去。

怪兽闭上三只眼睛,合上嘴巴,扭动着身子哼哼起来,整间屋子都回荡着它的声音。然后,它的眼睛突然睁开,嘴巴大张,吐出一阵烟雾。

贝萨妮放下双臂,她被黑压压的烟雾呛得直咳嗽,眼泪也被熏了出来。她抹掉眼旁的烟灰,满脸困惑地望着怪兽。

"噢,抱歉,我只变出了那场火灾的烟雾。"怪兽对着她哈哈大笑。

贝萨妮一点也不喜欢这个玩笑,她一言不发地走出了房间。

"你太过分了!"女孩离开后,埃比尼泽对怪兽喊道。他确实不喜欢贝萨妮,但这不意味着怪兽可以这样捉弄她。

"这很有必要,亲爱的伙计,"怪兽说,"那女孩一时半会儿是没心情搞恶作剧了。"

"但我不是想要你这么做!我想要你给她一点奖励!"

"埃比尼泽,我跟你说过我会帮你搞定她,但可没说会用温柔的方式。"怪兽打了个哈欠,"现在快出去吧,我还没睡够呢。"

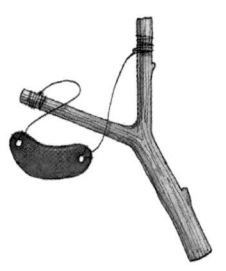

道歉

怪兽说得没错,贝萨妮没心情搞破坏了。她换好衣服,洗干净脸之后,就坐在楼下盯着天花板发呆。她现在连看电视的力气都没有了。

看到这一幕,埃比尼泽产生了一种奇怪又陌生的感觉。一开始,他以为是自己肚子难受,于是灌了几个热水袋绑在肚子上,但并没什么用。他又想,这可能是头疼吧。于是又从冰箱里找出冰袋,绑在额头上。

直到热水袋不热了,冰也融化了,他才意识到自己不是肚子疼也不是脑袋疼。但无论他怎么做,都无法摆脱这种折磨,他觉得全身上下哪里都不舒服。

又花了好几分钟埃比尼泽才意识到,这是愧疚的感觉。

他知道自己应该高兴，应该感谢怪兽帮他搞定了贝萨妮。但不知为何，他怎么都高兴不起来。他甚至暗暗希望贝萨妮能继续她的恶作剧。

贝萨妮需要一个道歉。怪兽显然是绝对不会向她道歉的，所以埃比尼泽决定自己来。

他上楼换了一件蓝衬衫和一条浅米色长裤，因为他认为道歉时穿成这样比较合适。回到楼下时，他发现贝萨妮正坐在大门前等他。她穿着自己的大衣，拎着从孤儿院带来的小箱子。

"啊，贝萨妮，真高兴你又恢复了活力。我正有话要对你说。"埃比尼泽说。

"我想说句抱歉。"贝萨妮说。

埃比尼泽吃了一惊。他觉得自己应该再去换身衣服，才能应对接下来的谈话。

"你说什么？你刚才说，你想道歉？"

"是的，但不是对你。你可以开车送我去孤儿院吗？"

埃比尼泽惊讶得说不出话来。

直到两人上车后，他才开口询问："为什么带着你的小箱子？"他边问边系上安全带。

"因为那也是道歉的一部分，"贝萨妮没有系安全带，"别说话，我得练习一下，我还从没道过歉。"

埃比尼泽开着车，贝萨妮则自己默默练习道歉。很快，他们就来到了孤儿院门前。

菲兹维克女士正要结束每日的淑女微笑课。她让所有女孩在操场上站成一排，勒令她们扯出僵硬的笑容。

"噢，艾米，你还能做得更好！像你这么个笑法，没人会喜欢你！"菲兹维克女士说。

"可是我的脸疼。"艾米说着搂紧了她的泰迪熊莉莉皮小姐。

"这不是理由，做淑女，疼痛是在所难免的！你们全都回房间去，对着镜子继续练习，给我练到牙床流血为止！"菲兹维克女士说。

她把孩子们赶回主楼，自己留在最后。她一转身，就看见埃比尼泽和贝萨妮沿着车道走来。

她赶紧挤出一个最真挚的假笑——样子可真算不上好看，朝贝萨妮喷了一声。

"我真想说看到你们我很惊讶。贝萨妮，你这回是干了什么坏事？"菲兹维克女士说完叹了口气。

"她什么坏事也没干。"埃比尼泽说。

当然,埃比尼泽撒了谎,不过他觉得根本没必要再控诉贝萨妮的调皮捣蛋。她已经在怪兽那里得到了足够的惩罚。

"什么也没干?"菲兹维克女士问,"没把瓷娃娃扔进洗衣机?"

"完全没有。"埃比尼泽答道。

"没在马桶坐圈上抹强力胶?"

"我很高兴地告诉您,我的屁股上没有沾一滴胶水。贝萨妮表现得很棒。"埃比尼泽说。

贝萨妮朝埃比尼泽皱了皱眉头,不明白他为什么撒谎。菲兹维克女士也疑惑不解地看着他。

"我们回来是因为贝萨妮想要道歉。"埃比尼泽对她解释道。

菲兹维克女士看起来像要晕倒了,她的两个眼珠子都快挨到了一起,膝盖也在发抖。

"你又要搞什么恶作剧?"一站稳脚跟,她立刻呵斥起贝萨妮。

"我没有,我才不玩这么烂的恶作剧。"贝萨妮说。

"如果真是这样,那可是个好消息!"菲兹维克女士说,"当然了,我一点也不惊讶。我不是总说嘛,你上过的淑女课总有一天会给你回报的!准备好了就告诉我。记住,淑女在道歉前必须行礼——"

贝萨妮没有行礼,而是气冲冲地盯着她。

"我不是来向你道歉的,我是来找杰弗里的。"

贝萨妮说完就提着小箱子往里冲,差点把菲兹维克女士撞翻在地。埃比尼泽赶紧把菲兹维克女士扶起来。

"真是不同寻常。"菲兹维克女士喃喃道。

"谢谢您的夸赞,"埃比尼泽以为她在称赞自己的着装,"这一身是我自己搭配的。"

"对不起,我说的不是这个——尽管您看起来的确非常绅士。我的意思是,贝萨妮的表现不同寻常,简直令人难以置信。她肯定是在搞什么恶作剧。"

"呃,这个我也说不好。"

"肯定是。我花了好几年时间想教她做一个淑女,但她就是那种冥顽不化的孩子。这几天对您来说一定非常难熬,您眼角的皱纹都冒出来了。"

"拜托,您就别提我的皱纹了!"埃比尼泽说。

两人陷入了尴尬的沉默。埃比尼泽以为菲兹维克女士要回到办公室去继续工作,但她站在原地一动不动。

"您觉得贝萨妮要花很长时间吗?"埃比尼泽尴尬地站着,重心从一只脚换到另一只,像憋不住要去上厕所一样。每过一分钟,他都能感觉到自己的身体又变老了一点。

"我猜是的。她在这儿把杰弗里捉弄得够呛,如果她真心想要道歉,那恐怕要花上几个小时——"

菲兹维克女士话音未落,贝萨妮就从楼里出来了。她冲向埃比尼泽的汽车,之前手里的小箱子不见了。

"搞定!"她冲埃比尼泽大喊,"走吧!"

埃比尼泽向菲兹维克女士道了别,跟着贝萨妮跑上了车。随着药水的效力减弱,他越来越难追上贝萨妮了。

"怎么样?"埃比尼泽在回家的路上问贝萨妮。

"呃,没有我想象中好玩。"她答道。

"你怎么会觉得道歉好玩?"

"因为大家都这么说。他们总叫我道歉,说如果表现得好,我就会感觉超级棒。"

"你没感觉超级棒?"

"一点都没有,还更糟了。现在我的漫画书没了,弹弓也没了。"

"我明白你为什么要把漫画书还给他,但你为什么要把自己的弹弓给他?"埃比尼泽问。

"我叫他用弹弓对付那些偷他漫画的人。我教他怎么用,但他太笨了,蠢耗子。"

贝萨妮摇下她那边的车窗,又摇上去,然后又摇下来,再摇上去。

埃比尼泽觉得很烦人。"你能别再动车窗了吗?"

"嗯,可以。"贝萨妮回应道。但她说归说,车窗还是在上下、上下、上下……不一会儿,她玩腻了,这才消停下来。

"你是怎么遇到怪兽的?"她问。

"很多很多年前,那时候我和你差不多大,在我家后院的田地里遇见了它,"埃比尼泽说,"当时它卡在了我的鞋底。"

"老天爷,那你的鞋得有多大啊?!"

"那时候怪兽的个头还很小。我一开始以为它是什么小动物，但它开口说话了，请求我把它带回家。"

"那你家大人怎么说？菲兹维克女士总是不让我把毛毛虫或者蜘蛛带回房子里，真是太讨厌了。"

"我的父母说不行，但我还是把它带回了家。我把它藏在了顶层的阁楼里，然后偷偷给它带吃的。一开始还没出什么大事，我一有机会就拿剩饭去喂它，它总喜欢吃肉。"

埃比尼泽已经很久没回忆过自己的童年了。怪兽曾经

是个安静可爱的小家伙,虽然看上去丑丑的,还有点贪婪和邪恶,但很可爱。

"它吃得越多,个头就越大,"埃比尼泽沉浸在回忆里,微笑起来,"越来越大,越来越强壮。等它长到足球大小的时候,它的魔力就回来了。怪兽开始给我吐出一些小礼物,都是些不起眼的玩意儿,一套门球,或者小军鼓之类的。作为回报,它要我给它找些更有意思的食物。"

"真出人意料。"贝萨妮说。

"是的,怪兽一开始并没有那么坏,"埃比尼泽点点头,"它是慢慢变得越来越贪婪的,说到这里……我很抱歉,它拿你的父母开了个糟糕的玩笑,还拿烟熏你,真的很抱歉。我没想到它会——"

"不是这个,"贝萨妮说,"我惊讶的是,尽管你父母不允许,但你还是把怪兽藏在了家里。你还真是个大好人呢。"

埃比尼泽差点没把车撞到墙上。

"我才不是什么大好人!"他咆哮道。

"你就是。我知道你跟那烟雾没关系,因为你这个人太守规矩了。你说不定还有双皮鞋,上面就写着'大好人的鞋'

之类的呢。①"

"我不是大好人,我是大坏人!"

贝萨妮闭上了嘴巴。她盯着埃比尼泽,声音微微发颤。"那你的意思是,你真的跟那阵烟雾有关系?"

"不、不,真没有。我不是那种坏人。就像我刚才说的,我真的很抱歉——"

"我真的真的不想再谈论这个了!"贝萨妮打断了埃比尼泽的道歉。

他们一路无话。到了家门口,埃比尼泽还是没忍住好奇,问道:"最后一个问题,我保证,为什么你要向杰弗里道歉?"

贝萨妮咬住了下嘴唇。

"因为我不想和怪兽一样。"她轻轻说。

埃比尼泽把车停在屋外。贝萨妮跳下来,奔向大门。她发现埃比尼泽站在原地没动,又跑了回来。

"你怎么了?"她问。

---

① "大好人"原文为"goody two shoes",这个短语来自儿童文学之父约翰·纽伯瑞的童话《两只小好鞋的故事》。童话故事中,一位只有一只鞋的贫苦姑娘经历了各种困境努力成长,最终嫁给了送给她一整双鞋的先生。该短语起初指真正的好人,后被用来形容那些伪善的人。

"我想去趟漫画店,"埃比尼泽说,"你表现得很好,我得给你买份礼物。"

"那我能要只宠物吗?"贝萨妮问道。

"不行,"埃比尼泽答道,"上车吧,趁我还没改变主意。"

漫画书和放屁坐垫

两小时后,埃比尼泽和贝萨妮一人抱着一只大袋子回来了。贝萨妮的袋子里装的全是关于调皮小孩、恶作剧爱好者和捣蛋精灵的漫画,埃比尼泽的袋子里则满满当当全是超级英雄和牛仔漫画。

他们把袋子拖进客厅,开始如饥似渴地看起漫画来,谁也没说一句话,今天他们说的话已经够多了。两人不时发出咯咯的笑声或倒吸凉气的声音,每当这时,另一个人就会说:"嘘!安静!"

埃比尼泽读着读着眼睛就开始发酸,书上的文字和图画都看不清了,他取来男士单片眼镜。自从一百年前这东西过时了以后,他还是头一次戴。

"哈哈哈!你看起来真搞笑。"贝萨妮看到他举着眼镜眯缝着眼的样子忍不住大笑起来。

"你不是要做个好孩子吗?"埃比尼泽说。

"我又没做坏事,难道好人不该诚实吗?我只是在说实话,那东西让你看起来滑稽极了!"

"你说得也没错,"埃比尼泽看到了自己映在镜片上的模样,"但我不会戴太久,一旦我拿到药水,就用不着它了。"

埃比尼泽走进厨房,给贝萨妮做了一顿丰盛的晚餐,他煎了一块厚厚的牛排,又煮了一大锅土豆。这顿饭一定能让她结结实实长点肉。

"吃晚饭了!"晚饭刚做好,他就叫贝萨妮过来吃。

贝萨妮胳膊下夹着一本精灵漫画书,阔步走向餐桌。她一只手拿着打开的漫画,另一只手举起叉子,往嘴里塞土豆。

"这本书看起来挺有趣。"埃比尼泽说。

漫画封面上画着一个亮绿色的小精灵,穿着橙色的长筒靴,露出尖尖的大黄牙。

"不给你看,"贝萨妮说,"这本书是我的。"

"我知道,还是我给你买的呢。反正我现在也不想看,

等你看完了我再借来看。"

"不行。"

"不行?"

"对,不行。"

"你说'不行'是什么意思?"

"不行就是不行。"

"但书是我买的!"

"没错,我已经谢过你了,虽然这话我很少说。现在那只袋子里的书都是我的。"

"你压根儿就没有谢过我。你的意思是,你的书我一本也不能看?"

"对,我不喜欢和人分享。"

"既然这样,那你也不能边吃晚饭边看漫画。"

贝萨妮耸耸肩,合上漫画书,然后开始飞快地往嘴里塞土豆。

"如果我借给你一本漫画书,你能给我买只宠物吗?"她边嚼着土豆边问道。

"贝萨妮,我永远也不会给你买宠物,别再问了。"

"为什么?你难道不想知道养宠物是什么感觉吗?"

"我很清楚养宠物是怎么回事,"埃比尼泽看起来有些不自在,"几百年前,我养过一只可爱的柴郡猫,它的名字叫蒂布尔斯大人。只可惜,它的命不好。"

"发生什么事了吗?"贝萨妮探过身来,继续打听道,"它爱抓人吗?我最喜欢爱抓人的宠物了。"

"不不不,蒂布尔斯大人毛茸茸的,非常亲人,又可爱又温顺,就像一位完美的绅士。可是有一天,怪兽决定把它吃掉。"

听到这里,贝萨妮的嘴巴因为惊恐张得圆圆的。但埃比尼泽还没讲完,他忽然有股冲动,想把自己和怪兽的真实关系告诉她,那一定会很痛快吧,何况她也活不了几天了,就算知道了也做不了什么了。

"你记得我说过,如果你表现得好,怪兽就会用魔法变出礼物奖赏你吗?其实那是我编的谎话。"他说,"我给怪兽送去食物,作为回报,它会奖励我魔法药水和其他宝贝。"

贝萨妮目瞪口呆,叉子从她的手里滑下来,啪的一声掉到地上,她却浑然不觉。

"怪兽嫉妒我对蒂布尔斯大人的宠爱,有一天,它说除非我把我的猫交给它,否则它就再也不会给我药水了。"

"然后呢?你怎么说?"贝萨妮一张口,嘴里就往外喷土豆渣。

"我说'再见,蒂布尔斯大人!',然后一把将它塞进了怪兽的嘴里。"埃比尼泽答道,"我很爱那只猫,但我更爱我自己。我绝不会因为一只宠物就让岁月带走我的青春。"

想到怪兽吃蒂布尔斯大人的画面,贝萨妮没了胃口,她把盘子推到一边。

"我想我错了。"她说。

"你说想养宠物的事情?"

"不,我看错你了,现在我觉得你绝不是什么大好人。"

"哈!看,我早就告诉过你!"埃比尼泽故作轻松地说。

可实际上,看到贝萨妮脸上的表情,他的心情并不像他表现出来的那样。贝萨妮看着他的眼神就像大多数人看见怪兽时一样,充满了恐惧。

埃比尼泽不喜欢这样。他早已习惯了人们在怪兽面前噤若寒蝉的样子,但他还不习惯有人害怕自己。

"你知道吗,其实我觉得你之前说的没错,我差不多算是个好人吧。"他带着一丝微弱的希望,想要安抚贝萨妮。

"不,你根本不是。心眼儿好的人绝不会把蒂布尔斯大人送去喂怪兽。你是个……是个……好吧,我实在不知道你是个什么样的人,"她说,"你喂了很多猫给怪兽吗?"

"怪兽不喜欢吃重样的东西,"埃比尼泽解释道,"而且它觉得猫肉味就那么回事。"

"你还喂过它什么?"贝萨妮问。

埃比尼泽在脑海里细细回忆起怪兽的食物清单:一件件古董、一只只动物、一样样奇珍异宝。贝萨妮依然用那种怪怪的眼神盯着他,埃比尼泽感觉有点不舒服,决定隐瞒一些过于可怕的细节。

"噢,都是些常见的小玩意儿,"他答道,"没什么可怕的。"

"那怪兽有不能吃的东西吗?"贝萨妮问。

"前两天它说自己对小号过敏,但可能只是个玩笑。"

"那我就喂它一把小号,看看是真是假,"贝萨妮说,"希望它能原地爆炸。如果是真的,那也是它罪有应得。"

"不许这么做!如果怪兽死了,我也会死掉!我才不管它朝你喷了多少烟灰呢!"埃比尼泽说。

贝萨妮忽然沉默了,因为埃比尼泽的话勾起了她在阁

楼里的伤心回忆。

"对不起,我刚刚只是一时嘴快。我知道你不想提那件事,真的很抱歉,"埃比尼泽说,"你一定很想念你的爸爸妈妈吧——"

"其实我一点也不想他们。"贝萨妮说。

"你不用假装坚强,哭出来也没事——"

"我一点也不想他们,因为我根本不记得了,"贝萨妮打断了埃比尼泽,"那时候我还太小,我既不记得那场火灾,也不记得进孤儿院之前发生的其他事情。所以我才想要怪兽把他们变出来,我想看看他们长什么样子。"

"原来如此,"埃比尼泽说,"我明白了,我完全理解。"

埃比尼泽无法想象,怎么会有人对自己的父母没有印象。他的童年是幸福美满的,所以他甚至想不出一句能安慰贝萨妮的话。

贝萨妮从口袋里掏出那张皱巴巴的照片,那是一张在海滩上的合影,上面有一个抱着孩子的大胡子男人和一个拿着报纸的女人。贝萨妮把照片在桌上抚平,给埃比尼泽看。

"这是我仅有的一张合影,那个在爸爸怀里闷闷不乐的孩子就是我。"

"你和你爸爸长得有点像,"埃比尼泽仔细看了看照片说,"他眼神中也像你一样透着顽皮。你妈妈似乎更理智一些,看报纸的人多半更守规矩。"

"你再看仔细点。"贝萨妮说。

埃比尼泽举起单片眼镜,凑近去看照片上的女人。这下,他发现报纸中间夹着一本搞笑漫画书。看来贝萨妮的妈妈也不是那么循规蹈矩。

"每天晚上睡觉前,我都会看着这张照片,想象他们是什么样的人。有时候我还会编一些关于他们的故事:妈妈是特工，爸爸是宇航员之类的；或者他们是一对探险家夫妇，接受了去北极探险的危险任务，现在还跋涉在回家的路上。"贝萨妮说。

她露出伤感的笑容。

她愿意用自己脑海中的所有故事换一个跟他们见面的机会，即使最后发现他们其实是世界上最平淡无趣的人，她也不会后悔。

埃比尼泽沉思了一会儿，绞尽脑汁地想着该说些什么才能让贝萨妮不再为毫无印象的父母伤心。

最后，他终于开了口："你可以留着那些漫画，不用借给我看，吃晚饭的时候也可以看。"

这算不上一百分的安慰，可能也无法减轻贝萨妮失去父母的痛苦，但她看起来开心了一些。她咧嘴一笑，继续看起了那本精灵漫画。

埃比尼泽则感到一股倦意席卷全身。他的身体在快速老去，白天的活动已经让他筋疲力尽。他向贝萨妮道了晚安，朝楼上走去。

"等等！"埃比尼泽还没走到楼梯口，贝萨妮的叫声就从身后传来。

她跑到埃比尼泽的面前,叹了口气说:"你的枕头下面有三个放屁坐垫,还有一只癞蛤蟆,你睡觉前最好把它们拿开。"

说完,贝萨妮跺了跺脚,懊恼地跑回了客厅。当好孩子一点也不好玩。

早餐时分

第二天早晨,埃比尼泽一觉醒来感觉浑身酸痛。他睁开眼睛,眼前一片模糊,他不得不戴上单片眼镜才能看清自己的羽绒被。伸懒腰的时候,他的手臂和手肘就像老旧的木门和门轴一样嘎吱作响。

他站起来,发现两腿不住地打战,虽然还能走动,但一夜过去,它们明显使不上劲了。埃比尼泽走到浴室的时间比前一天更长了,终于摸到浴室的门时,他的眼泪都快流下来了。

埃比尼泽被镜中的自己吓了一跳,现在那张脸上已经布满了皱纹。

好像还嫌自己不够糟似的,埃比尼泽又开始数脑门儿上新增了几条皱纹。刚数到第八条时，怪兽的摇铃声就打断了他。

"这日子可真是一天比一天好过了。"他对着镜子里的皱纹呻吟了一声。

埃比尼泽拖着沉重的步伐一步步朝楼上走去。铃声越来越大，也越来越急。

埃比尼泽走进阁楼时，怪兽还在摇铃。他故意大声咳嗽了一下，铃声才停了下来。

"热松饼保佑，你怎么来得这么慢？"怪兽怒气冲冲地说，显然心情不佳。

"真的很抱歉，今早我的腿脚有点不好使。"埃比尼泽答道。

怪兽用三只黑眼睛盯着埃比尼泽看了看，然后爆发出一阵大笑。

"噢哈哈，埃比尼泽，原来没了药水你就会变成这样？老天呀，我这五百一十一年来可着实待你不薄。"

怪兽被埃比尼泽如今的衰老容貌逗得直乐，笑个不停，直到被呛得咳嗽起来。

埃比尼泽走过去，重重地拍了拍怪兽的背。怪兽咳出

一把尺子、一个量角器和一包铅笔后，才恢复了正常。

"你不该害我笑成这样，埃比尼泽！"怪兽恼火地说，"你知道这样会损伤我的肺部。真的，你上来之前应该先给我提个醒，说自己变成了这副模样。"

"对不起，恐怕我自己也吓得不轻。我没法提醒你，因为我也不知道一觉醒来会变成这样。我完全不记得上次这么久没喝药水是什么时候了。"

"是一九〇二年四月，"怪兽说，"那次你花了好几年才给我找来那只巴斯克维尔猎犬。但当时你好像没有这么老。"

"说到药水，我想问问，你能不能让我预支一点点？"埃比尼泽问道。

"完全可以，当然可以——这就是我叫你上来的原因。那孩子怎么样了？"

"说实话，她表现不错，好多了。她没有我以为的那么坏,昨天去向别人道了歉,还提醒我别睡在癞蛤蟆上。所以，可以说她颇有进步。"

怪兽一副漠不关心的样子，它一点也不在乎贝萨妮改邪归正的心路历程，只想知道那孩子够不够填饱肚子。

"昨天看到她的时候，她好像圆乎一点了，"怪兽说，"骨头上的皮肉变多了,脸蛋也鼓了一点。干得不错,埃比尼泽。"

埃比尼泽的脸唰的一下红了。被怪兽夸奖的时候,他总是感到受宠若惊。

怪兽接着说:"你也知道,前几天吃了那只会唱歌的鹦鹉之后,我就再没吃过一口东西了,我的肚子都开始咕咕叫了。"

"噢,你太可怜了,"埃比尼泽说,"你该早点跟我说的。你想先吃点小零食吗?"

"我只想吃个胖小孩,埃比尼泽!还要我说多少次!"

埃比尼泽胸口一紧,他开始不自在起来。

"帮我去把那孩子捉来,"怪兽说,"再带点酸辣酱上来,我想吃点有滋有味的东西。"

"不!"埃比尼泽不假思索地脱口而出。

"酸辣酱没了?真讨厌。好吧,来几瓶咸甜味的棕酱也行。"

"不!我办不到!蘸酸辣酱不行,蘸棕酱也不行!"埃比尼泽眨了眨眼睛,吃惊于自己的回答,他还从没拒绝过怪兽的要求。

怪兽瞪着埃比尼泽,三只黑眼睛都闪着怒火。

"你可别跟我说你喜欢上那个捣蛋鬼了,我今天已经笑够了。"怪兽说。

埃比尼泽迅速回想着自己的所作所为,思考到底是什么让他犯了糊涂。他怎么会想帮助贝萨妮呢?他迅速整理了一下自己的情绪。

"我还没说完。我的意思是,现在不行,今天不行。你也看到了,不管你往贝萨妮身上涂多少酸辣酱或棕酱,她都还没胖到能当你的晚餐。再给我一天时间,让我把她再喂胖点吧。"

怪兽眼中的愤怒消散了。

"谢天谢地,你差点害我担心起来,"怪兽说,"我还以为又要像上次对那只猫那样,它叫什么?特劳布女士还是什么的?总之,很高兴你做了正确的决定。"

"别担心,我绝对不会犯错的。"埃比尼泽说。

"好样的,好样的。今天我真的不能吃她吗?我的肚子又要叫起来了。"

"相信我,多一天的等待是值得的。"埃比尼泽说,"话说回来,我们再商量一下预支药水的事情?"

"只有等我吃到那孩子,你才能拿到你的药水,一刻也不能提前！"

埃比尼泽藏起自己的失望，走向门口。在离开房间前，他说："顺便告诉你，那只猫不叫特劳布女士，它叫蒂布尔斯大人。"

埃比尼泽沿着楼梯向下走去，喉头有些发紧。几个世纪以来，他头一次发现自己深深思念着蒂布尔斯大人，而且一直对那件事耿耿于怀。

这股悲悯之情来得异乎寻常。埃比尼泽知道自己现在的行为不太正常，尤其是在关系到贝萨妮的事情上。他以前很喜欢蒂布尔斯大人，所以自然有时会为它感到难过。但贝萨妮不一样，他以为自己一点也不喜欢她。

埃比尼泽想，早知道这样，自己就应该直接把贝萨妮送给怪兽吃掉。那样就不用对怪兽撒谎说什么她还不够胖，还能更快地拿到药水。但现在他又得多照顾贝萨妮一整天，还得拖着这副老迈的身体四处奔波。

埃比尼泽怎么也想不通自己今天怎么会这么反常。他给怪兽喂食的时候从不多愁善感，他今早为什么没直接把贝萨妮带上楼去呢？

埃比尼泽将这一切归咎于自己衰老的身体。老人总是容易动感情,这股愁绪可能是皱纹和关节酸痛的副作用。他很确定,只要喝下药水,这些不寻常的感受就会烟消云散。

埃比尼泽再次走进厨房,迎接他的是贝萨妮惊天动地的呼噜声。她像只海星一样四肢大张地趴着,身上盖着皱巴巴的漫画书。

埃比尼泽拿出两碗粥、几壶橙汁、几篮子牛角面包和迷你松饼,然后用勺子敲了一下平底锅,把贝萨妮叫起来。

他在餐桌前坐下,惊讶地发现贝萨妮给他准备了点东西。是那本封面上画着亮绿色小精灵的漫画书,上面还贴着一张便条:

> 好吧，我可以借给你看。
> 但如果你不把书还回来，
> 我就会毁掉你所有心爱的毛衣。

埃比尼泽深受触动。他已经不记得上次有人借东西给自己是什么时候了。

"谢谢。"他对睡眼惺忪地向餐桌走来的贝萨妮说。

"我是认真的，"她说，"如果你一周之内不还给我，我就把你的毛衣都喂给蛾子。"

贝萨妮拿了一只盘子，取了两块面包和半打迷你松饼。埃比尼泽发现她长胖了不少，要是让怪兽看见，肯定会当场把她吃掉。

"其实今天你没必要吃那么多，"埃比尼泽说，"吃得健康点，你会更长寿。"

"别烦我。"贝萨妮说着又往嘴里塞了两只松饼。

遗愿清单

埃比尼泽没有理会贝萨妮的话,他坐在桌边,给自己盛了一些粥。

与此同时,贝萨妮给自己做了个松饼三明治,那是她最新发明的菜式。她先把一只蓝莓松饼放在一块面包上,用拳头砸扁,然后再盖上另一块面包,随后小心翼翼地整个拿起,一粒碎渣也不漏地塞进嘴里,三口两口就吃掉了。

整个过程让埃比尼泽叹为观止,他不知道自己是该赞叹还是该惊骇。

他看着贝萨妮,想到这是她人生中的最后一天,明天,她就会化作怪兽胃里的残渣。

"你看什么看?"贝萨妮问。

"很抱歉这么盯着你。"埃比尼泽说。

"如果你喜欢,我也可以给你做一个,"她说着又拿起两块面包,"你喜欢哪个口味,蓝莓还是巧克力?"

"不用了,我不饿。"

贝萨妮脸色一沉,明显有些失落。

"来一个也行,我尝尝吧,"埃比尼泽说,"请给我做一个蓝莓味的。"

贝萨妮立刻打起了精神。她拿过一只蓝莓松饼,一拳砸扁,然后将它的"残骸"夹在两块面包中间,有些紧张地把这个新式三明治送到埃比尼泽面前。

一口下去，埃比尼泽就意识到这东西不好吃。没人用松饼做三明治夹心是有道理的。

"怎么样，好吃吗？"贝萨妮一脸期待。

"好吃，"他撒了谎，"美味极了。"

"太棒了！"贝萨妮笑逐颜开，"我再给你做一个！"

"噢，不不不，真的不用了，我已经饱了。"

贝萨妮耸耸肩，拿起自己吃了一半的松饼三明治，在粥碗里蘸了蘸，想增添点味道，但立即后悔了。

埃比尼泽望着贝萨妮，又想到她不久以后就要被吃掉的命运。他发现，贝萨妮其实不是什么坏小孩。毕竟，一个愿意分享自己的漫画和独家三明治配方的人，能坏到哪里去？

埃比尼泽默默地想，如果今天就是贝萨妮生命中的最后一天，那一定要让她过得开心。

"你有遗愿清单①吗？"他问贝萨妮。

"我什么清单都没有。即使有，我也不会写在一只讨厌的水桶上。"

---

① 原文为"bucket list"，来自英文俗语"kick the bucket"，该俗语有死亡之意，"bucket"意为"水桶"。

"遗愿清单不是那个意思。"

"你就是这么说的,下次说话注意下用词。"

埃比尼泽开始给她解释遗愿清单的意思。那不是写在水桶上的清单,而是人们在临死前的心愿。每个人在临终前都有还没实现的愿望,把它们列出来就是遗愿清单。

"这名字太蠢了,"贝萨妮说,"应该叫它死亡清单。"

"叫什么不重要,只不过第一个写遗愿清单的人偏爱水桶而已。他毕生的愿望就是造出世界上最大的水桶,希望能装下一座山的石头。"

"那他的愿望实现了吗?"

"没有,远远没有实现,他造的水桶只装下了一块小石子。但你看,这就是遗愿清单的特点,人们很少能实现自己一生中的所有愿望。"

贝萨妮很纳闷为什么埃比尼泽突然说起死亡,她注意到他比前一天又老了一些。

"你快要死了吗?"她的语气中有些愠怒,就好像埃比尼泽快要死了是件很自私的事。

"老天呀,没有。"埃比尼泽想了想,接着说,"其实,我可能真的快死了,我现在正在从衰老到死亡的路上。但只要怪兽能给我药水,我就不会死。"

"那它什么时候给你药水?"

"明天吧。不说这个了,如果你有一张遗愿清单,你想要在上面写些什么?"

贝萨妮皱起眉头想了想。

"可能会写那么一两个吧……"她说。

贝萨妮的遗愿清单上可不止有一两个愿望,埃比尼泽想要尽可能地去满足她。

有一些愿望,比如骑着果酱做的直升机飞去月球,是完全不可能实现的。但有些愿望在埃比尼泽的能力范围内,是可以实现的。

他们先去了白金汉宫。

贝萨妮听说女王的骑兵卫队,那些戴着傻乎乎的大帽子、穿着红色制服的小伙子,在公众场合不苟言笑,她想去验证一下是不是果真如此。

半路上,她让埃比尼泽买了一本笑话书,拿到了白金汉宫,她站在门口对着卫兵念了起来。可站岗的卫兵不管听到多好笑的段子都面不改色,比如:

魔法狗的名字叫什么？

叫拉布拉卡达布拉。

或者：

大象的裤腰带。（猜一个口头语）

全不打紧。

甚至还有这样的：

为什么高尔夫球手要穿两条裤子？

以防破洞。

没能让卫兵笑出声令贝萨妮大感失望。但她坚持要把他们逗笑，才能把白金汉宫从遗愿清单上划掉。见此情景，埃比尼泽决定帮帮她。

他掏出手帕，开始给卫兵搔痒，但卫兵依然不为所动。他们受过严格的训练，不管埃比尼泽怎么折腾，都没发出半点笑声。

女王的管家柏金思先生的到来结束了埃比尼泽的闹剧。他警告说女王对他们的行为很不满，并下令禁止他们再靠近她的卫队。

"笨蛋！"离开白金汉宫的路上，贝萨妮冲埃比尼泽撒气，"这下我再也没法逗他们笑了！"

她气得把笑话书向埃比尼泽的屁股砸去。这一下来得出其不意，埃比尼泽被砸得摔了个大马趴。

"扑哧！"

贝萨妮和埃比尼泽惊讶地回头看去，他们俩都很确信，笑声是那个卫兵发出的。但卫兵的脸上看不出任何笑意，依旧一派冷漠严肃的神色。

"你觉得刚才那声算吗？"埃比尼泽问。

"算，那肯定是他发出的笑声。"贝萨妮说。

埃比尼泽和贝萨妮击掌庆祝。他们刚准备离开，却发现皇家军乐团马上要开始演奏了，于是决定留下来看看。

军乐团从白金汉宫的院中出发，穿过高高的大门，来到开放的广场上。他们奏乐是为了庆祝女王心爱的柯基犬的半岁生日。

演出进行得非常顺利,军乐团的成员们都颇为满意。但贝萨妮突然扑向一名铜管乐队的乐手,演奏戛然而止。

柏金思先生回到广场上,把贝萨妮从乐队旁带走。他带来一张女王的字条:

女王陛下正式下令,请您马上离开她的宅邸附近。否则她将不得不禁止您靠近一切皇家宅邸。

"她说什么?"贝萨妮问。

"她让我们别烦她,贝萨妮。"埃比尼泽解释道。

埃比尼泽和贝萨妮回到车上,一溜烟离开了白金汉宫。在车里,埃比尼泽问贝萨妮刚才想做什么。

"我想要他的小号。"贝萨妮说。

"小号?"

"是的,这样我就能把它塞进怪兽的嘴里,它就再也不会朝我喷烟了。"

"千万别那么做,"埃比尼泽说,"我必须再次提醒你,只有怪兽活着,我才能活下去。"

贝萨妮没有顺着他的话头做出保证。回家的路上,他们又从贝萨妮的遗愿清单上划掉了两个:在免下车餐馆装成俄罗斯人点餐,以及用汽车喇叭创作一首歌曲。

埃比尼泽已经做好了这一天会过得无比糟糕的心理准备,他原以为贝萨妮的遗愿清单上会全是些孩子气的无聊把戏。当他发现自己也玩得很开心时,感到非常意外。他决定,下次怪兽要吃小孩的时候,他还要进行一次这样的"遗愿一日游"。

"下一条是什么?"埃比尼泽期待地问。

"我觉得你能猜到。"贝萨妮咧嘴一笑。

埃比尼泽停下来,想了想这次贝萨妮的脑瓜子里又装着什么坏主意。

"我们要去打几个骚扰电话吗?"他猜道。

"不,当然这主意也不错,把这条加进去吧。下一件我想做的事情是——买一只宠物!"

"贝萨妮,买宠物毫无意义,你只能照顾它一天。"

"为什么只有一天?"贝萨妮大惑不解,"明天会发生什么事?"

埃比尼泽的大脑飞转,想着怎么才能把话圆过去。如果让她发现自己明天就要被吃掉,那今天这一天就毁了。

"我的意思是,宠物会被怪兽吃掉,"埃比尼泽说,"还记得蒂布尔斯大人吗?"

"我不会让它吃掉我的宠物!"贝萨妮认真地说。

"怪兽会叫我把宠物拿给它,我别无选择。"

"太离谱了,"贝萨妮说,"你不必对它言听计从。"

"恐怕我必须得听它的,不然我就会老死。怪兽捏住了我的命门。"

"如果每天都要听它的使唤,那你还不如死掉!"贝萨妮嚷道。五秒钟后,她又补充道,"对不起,我不是那个意思。"

车里的气氛变了,一天的欢乐正在逐渐溜走。

"没事的,"埃比尼泽说,"我知道你很难理解我和怪兽的关系……怎么说呢，我们需要彼此。现在，除了买宠物，你的清单上还剩什么我们能做的吗？"

"我真的真的想要一只宠物，或者哪怕只是去看看小动物也好。我们可以去动物园吗？"

"恐怕不行，因为我不久前刚被下令终身禁止进入动物园。"埃比尼泽说，"但我有个主意……"

空鸟笼

埃比尼泽带着贝萨妮走进了宠物鸟商店,店主兴冲冲地过来迎接他们。

"您好您好,欢迎来到世界上最棒的宠物鸟商店!"他总是这么迎接新顾客。

"您不认识我们了?我来过好几次了,贝萨妮之前从这儿买过虫子。"埃比尼泽说。

宠物鸟店主审视着埃比尼泽的脸,就像他平日里察看珍禽羽毛时那样。终于,他认了出来。

"噢,是崔泽先生!不好意思,刚才没认出您来。您变样了,是因为换了新发型吗?"

"没有,我只是最近身体不大好。别担心,我很快就有药吃了。"

"那、那就好。"店主迟疑着，不知怎么答话。他转头看向贝萨妮。"你欠我十条虫子，小姐。你给我的背包就是个破烂儿。"

"你的虫子也是破烂儿，它们老从杰弗里的鼻孔里往外钻。"贝萨妮说，"我想再来五条。"

"我还想再要个新背包呢！"

"两条半也行。"

"半条也不行！"

店主不明白，埃比尼泽怎么会领养这么个烦人精，他很确信孤儿院里肯定有比她听话得多的孩子。

"不好意思，"贝萨妮还想砍价到一又四分之三条虫子，埃比尼泽打断了她，"我们有点赶时间，我就直说了吧。"

"请说，"店主说，"但如果您想要白腰文鸟，我这儿已经没有了。库索克夫妇今早买走了最后一只。"

"不不不，不是那个。实际上，我们不是来买鸟的。"埃比尼泽说。

店主脸色一沉。他欢迎埃比尼泽登门是因为每次对方都会消费不少。

"我的朋友贝萨妮想看看小动物,我想带她看点跟动物园不一样的。您能给我们介绍一下店里的鸟吗?"埃比尼泽问。

这可是个不同寻常的请求,店主此前从没听到过。

"我真的很乐意帮忙,崔泽先生,但我还要做生意。如果您今天不是来买鸟的,恐怕我爱莫能助,观鸟导游不是我——"

埃比尼泽掏出一沓现金放在柜台上,堵住了店主剩下的话。

"崔泽先生,考虑到您是老顾客了,这点小事不在话下!"他高兴得声音都高了八度,"跟我来!"

"你刚才管我叫朋友?"贝萨妮跟在埃比尼泽身后朝店铺后面走去。

"是的,"埃比尼泽说,"真没想到,我都不记得我上次交朋友是什么时候了。"

"你太没用了。"贝萨妮哈哈大笑。不一会儿,她又说,"我好像也从没交过朋友,你可以当我的第一个朋友。"

埃比尼泽停下了脚步,他突然感到一股暖意从头顶流向脚趾。

"快跟上，没用鬼！"贝萨妮头也不回地喊道。

他们观赏的第一只鸟是麝雉，是种气味熏天的罕见鸟类，爪子长在翅膀上，头顶有尖尖的羽冠。

"你想喂喂它吗？"店主问贝萨妮。

贝萨妮连忙点头。

"去把收银台旁边的花拿来。"

"我觉得花也不能让它变香，要不我们去拿瓶香水？"埃比尼泽说。

贝萨妮抱着花跑了回来。那是一束可爱的小花，有紫丁香、水仙和香豌豆。店主打开麝雉的鸟笼，让贝萨妮把花放进去。

看到花，麝雉的眼睛一下就亮了，张开鼻孔兴奋地闻着。闻了两下后，它张开小嘴，狼吞虎咽地把花给吃了。埃比尼泽看得目瞪口呆，贝萨妮则咯咯直笑。

"麝雉属于南美植食性鸟类，"店主讲解道，他怕贝萨妮没听懂，又进一步解释道，"植食性鸟类就是那些不吃肉的鸟，它们喜欢吃花花草草。它身上的味道一部分也来源于此。"

"吃植物让它闻起来臭臭的？"贝萨妮问。

"差不多吧。它的胃和牛差不多,食物消化得很慢,所以会发出难闻的味道。我已经养了它好几年,因为没有顾客愿意把这种味道带回家。不说了,我还忙着呢,去看下一只吧。"

下一只鸟长着长长的喙,红眼睛,黑羽毛,爪子锋利如钢刃。关着它的笼子上写着:超凶残老鹰。

"这名字只是开玩笑而已，"店主说，"实际上它大概是整个鸟类王国里最温顺的老鹰了。和别的鹰不同，它不是掠食者，也吃不了多少东西，一颗葡萄就够它度过一星期了。说到这儿——"

他从口袋里掏出一颗绿葡萄递给贝萨妮，又从笼子里抱出超凶残老鹰，轻轻放在贝萨妮肩头。

"这样真的安全吗？"埃比尼泽担忧地看着老鹰锋利的爪子。

"相信我，贝萨妮再安全不过了。"店主说。

"就是，别管闲事。"贝萨妮跟着说。

她轻轻抚摸了一下超凶残老鹰的黑色羽毛，然后把葡萄喂给它。超凶残老鹰饱餐之后露出了一个心满意足的笑容，用翅膀摸了摸肚皮，就像刚刚吃了一顿豪华大餐。

"这颗葡萄能让它度过一个星期？"贝萨妮好奇地问。

"是的，吃多了它的肚子就会难受。进化让它变成了一种不太用得着吃东西的物种。"店主说。

贝萨妮用手指碰了碰老鹰的爪子，然后抚摸起它的羽毛。被这么摸了几下，老鹰满意地闭上眼，轻轻打起了鼾。

"超凶残老鹰肯定很喜欢你。"店主说着轻轻把老鹰放回笼子里,"它可不是在谁肩膀上都能睡着的。"

接下来,他们观赏了长尾鹦鹉。那是一对胖胖的、五颜六色的小鸟,这对小鸟实在太漂亮了,店主舍不得卖掉它们。再后来是患有旷野恐惧症的家鸽、几只鸣唱的小鸟和一群嘎嘎叫的鸭子。店主让贝萨妮每只鸟都摸了摸,然后又喂了喂。

埃比尼泽从没见过哪个孩子喂个鸟能开心成这样。他很惊讶,贝萨妮不搞恶作剧或者骂脏话也能这么快乐。看来的确应该奖励她一只宠物。

"我在想,"埃比尼泽对正在给翠鸟喂小虫子的贝萨妮说,"如果我们悄悄地养一只,不让怪兽发现,或许也可以。"

贝萨妮的眼睛亮了起来。"你是说……"她不敢大声问。

"是的。如果你愿意,我们可以带一只小鸟回家。"埃比尼泽说。

这下,店主的眼睛亮了。"您想要哪一只?"他问,"它们的价格都不算高。"

贝萨妮又看了一遍刚才喂过的鸟。她很喜欢长尾鹦鹉叽叽叫的样子,嘎嘎叫的鸭子也让她乐个不停。但贝萨妮只能选一只,她指了指超凶残老鹰。

"选得好，"店主说，"这只鸟好养活，鸟食的开销不大。崔泽先生，我这就给您拿来。"

"等等，"贝萨妮说，"还有鸟没看呢。"

店主叹了口气，他已经迫不及待要挣钱了。他匆匆给贝萨妮和埃比尼泽介绍了剩下的鸟。他没让贝萨妮逗信鸽，说那些鸽子都太无聊了，也没给贝萨妮介绍巨嘴鸟的有趣之处。

终于，他们走到了最后一只笼子前，店主说："这只鸟不用我介绍了。"

最后那只笼子是空的,上面写着:帕特里克。

"这是一只隐形鸟吗?"贝萨妮朝笼子里看了看。

"崔泽先生!您不会没把帕特里克介绍给她认识吧?"店主问。

埃比尼泽支吾着,低头看着地板。

"谁是帕特里克?"贝萨妮问。

"谁?那可是世界上最珍贵、最棒的小鸟!"店主说,"它是一只温特洛里安紫胸鹦鹉,这种鸟在世界上只剩下不到二十只。它什么歌都会唱,人类的、鸟类的,什么都行。您没叫它给您唱几首猫王的歌吗,崔泽先生?"

"不,我没有。"埃比尼泽还是盯着地板。

"您该叫它唱唱的,《燃烧的爱》它唱得可不赖。"

贝萨妮走到埃比尼泽身边,轻轻拍了拍他的胳膊。他知道接下来会发生什么,没有理会她。他只想快点带着超凶残老鹰离开这儿,逃开那些令人难堪的问题。但贝萨妮不断拍着他的胳膊,他不得不抬起了头,眼里满是懊悔。

"帕特里克怎么了?"贝萨妮问。

"唔……恐怕……它已经……不在人世了。"他说。

"什么?"店主睁大眼睛,下嘴唇因悲伤而剧烈颤抖着,

"怎么可能?!它可是我见过的最棒的小鸟!"

屋里所有听得懂人话的鸟都被这句话冒犯了。

"我不明白!它那么礼貌、那么健康,这怎么可能?"

"我知道为什么,"贝萨妮轻轻地说,"它的结局可能不大好。你的鸟都很棒,但我不会把任何一只带回到埃比尼泽的家里了。"

不速之客

这一天居然过得如此一波三折。就在不到五分钟前,店里的三个人都还觉得自己度过了人生中绝妙的一天。

"我现在简直生无可恋。"店主呻吟着说。

"我也是。"贝萨妮说。

"我也是。"埃比尼泽跟着说。

就像世界上所有不快乐的人那样,他们三个都想独自静静,根本不想交谈。所以当听到店门口有开门声时,他们都很恼火。

"您好呀!"一个欢快得过头的声音传了进来。人在愁眉苦脸的时候,最怕应付兴高采烈的不速之客。

埃比尼泽、贝萨妮和店主跟跟跄跄地走到前台。他们惊讶地发现,这位快活的来客竟然是菲兹维克女士,她手里还拿着个盒子。三人不约而同地哀叹了一声,不过,菲兹维克女士却没发现自己的到来并不受欢迎。

"大家好呀!特别是你们两位。"看到贝萨妮她补充道,"崔泽先生,您剪头发了吗?"

"没有,我只是变老了。"埃比尼泽没好气地说。

"您怎么来了?"宠物鸟店主更没好气地说。

"问得好!"菲兹维克女士依然情绪高昂,"我是来帮你们振作起来的!"

听到这话,店主眼前一亮。

"你们可能都知道,我们'小绅士和小淑女之家'经费有限,有时候光让孩子们吃饱穿暖和上学就要花一大笔钱,我们很少有钱能给他们买点别的。"

"是从来就没买过吧。"贝萨妮嘟囔道。

菲兹维克女士眯起眼睛,但还是接着说:"总之,有的孩子表现很好,值得奖励,我们却没钱给他们买礼物。"

"您的办公室看起来可不像买不起礼物的样子。"埃比尼泽说。

"我是位淑女,崔泽先生,我只用得惯那些高雅的东西,况且支出点钱维持我高贵的生活方式对孤儿院来说也是必要的。"菲兹维克女士说。

店主渐渐失去了兴趣,他看不出这对他的振作有任何帮助,尤其是他刚得知自己心爱的小鸟已经死了,并且死因可疑。

"好了,你们可能都很想知道,这跟你们有什么关系,"菲兹维克女士话锋一转,"最近我一直在拜访这一带商店的店主,询问他们有什么可以捐赠给我们。"

菲兹维克女士把盒子放在收银台上,给他们展示了一下里面的捐赠物,其中包括麻豆夫人糖果店捐赠的十二包甘草糖、当地图书馆捐赠的一摞旧书、送奶工送的一瓶全脂牛奶,还有库索克戏剧学校捐赠的小号三件套。

"现在我来找您了,"菲兹维克女士对宠物鸟店主说,"您有什么可以送给孩子们的吗?"

"菲兹维克女士,我这儿可是卖宠物鸟的!"店主愤愤不平道。

"那有什么关系呢?"菲兹维克女士说,"您店里这么多东西,总有点什么是可以捐出来的吧?"

店主可不吃这套。他是个精明的商人,从不把小鸟白

送给别人。不过,他突然有了个绝妙的主意。

他去店后面翻找了一阵,拿出了那只麝雉,放进菲兹维克女士的盒子里,笑了笑说:"它就归您了。"

菲兹维克女士闻到麝雉身上刺鼻的气味,鼻子都皱了起来。"您有什么更……高雅的东西吗?"她问。

"没了,只有这个。您不想要?"

"噢,当然,我们当然想要,"菲兹维克女士说,"拒绝别人的好意可太不礼貌了。只不过,呃,这盒子已经很重了。要不我过会儿再回来取……呃,这只可爱的……非常可爱的小鸟。"

"没事,我会给您留着的。您什么时候回来?"店主问。

"噢,其实,您知道,我还要忙着照顾那些孩子……一大堆的孩子。您可以把这只可爱的……真的非常可爱的小鸟收进去,等我把其他东西都分给孩子们后,再回来取它。"

"棒极了,"店主喃喃道,"这只鸟白送都没人要。"

埃比尼泽和贝萨妮愁眉苦脸地告别了宠物鸟商店,他们走到车边的时候,惊讶地发现菲兹维克女士也跟了上来。

"您需要帮忙吗?"埃比尼泽问。

"我还以为您永远都不会问了呢!"菲兹维克女士一脚

跨进副驾驶座,"我可得提醒您,我只能陪您喝一杯。孩子们可还等着我呢。"

埃比尼泽坐进驾驶座,贝萨妮爬上后座,她一脸沮丧,连踹菲兹维克女士椅背的心情都没有。

"喝一杯什么?"埃比尼泽问。

"一杯茶!"菲兹维克女士咆哮起来,"淑女在天黑前可不会喝像酒那么浓烈的东西!"

"也是,"埃比尼泽说,"所以您要跟我们回家?"

"当然了,这还用问!你们得帮我装满这只盒子,然后再送我回孤儿院。"

埃比尼泽别无选择,只能载着菲兹维克女士回家。一路上,她滔滔不绝,没留出片刻安宁。对于她说的话埃比尼泽连假装感兴趣的兴致都没有,但菲兹维克女士毫不在意。

"话说回来,杰弗里一直在问你的情况,"下车时,她对贝萨妮说,"我真不明白为什么你把他欺负得够呛,他怎么还会想着你。"

贝萨妮没有答话,她一进屋就宣布自己要去客厅"一个人"看漫画书了。

"贝萨妮,你知道吗?礼貌的孩子都会先问大人是否允许自己去看漫画。你应该对崔泽先生更尊重些。"菲兹维克女士说。

"别烦我,菲兹维克女士。"贝萨妮说。

"你说什么!"菲兹维克女士看向埃比尼泽,希望他能出来说句话。

"贝萨妮,对客人礼貌点。"埃比尼泽叹了口气。

"好吧。"贝萨妮走到菲兹维克女士面前,盯着她的眼睛说,"菲兹维克女士,请您别烦我。"

说完她就转身进了客厅,埃比尼泽则去了厨房,菲兹维克女士哑口无言地定在原地,像窒息的金鱼一样大口喘着粗气。

"您喝什么茶?"埃比尼泽从厨房里喊道,"伯爵红茶、大吉岭、薄荷茶、杏仁茶、绿茶、白茶、紫茶还是蜂蜜柠檬茶?"

"都来点。"菲兹维克女士说。

埃比尼泽耸耸肩,在一只杯子里搁了好几个不同的茶包,然后倒上水。与此同时,菲兹维克女士环顾了一下屋子。

"这可真是栋大房子,想必在这儿有足够多的好东西能填满我的盒子。"她期待地抬头朝楼梯上望了望,"我们可以开始参观了吗?"

"这里有十五层楼呢,我的腿已经累坏了。"埃比尼泽说。

"那就赶紧开始吧!"菲兹维克女士催促道,压根儿没等埃比尼泽回答,她就径自爬上了楼梯。

菲兹维克女士每进一间屋子都会对看到的一切评头论

足,然后随手挑一两样东西放进她的盒子,接着再去下一间。埃比尼泽一直竭力忍耐着,但走到十一楼的时候,他的神经还是受到了刺激。

"这都是些什么东西,"菲兹维克女士说,"您怎么会买这种画?那女人的鼻子都画反了,骷髅头还在抽烟!这可不太适合挂在家里,不是吗?"

然后,菲兹维克女士走到黄金男孩的画像前,说出了一句让埃比尼泽头顶冒烟的话:"真是荒唐!我们那儿的孤儿用手指随便涂涂都比这画得好。这栋房子显然需要位淑女来打理。"

"这房子不需要任何人打理!"埃比尼泽生气了,"《黄金男孩》是人类有史以来最杰出的艺术品之一,你的那些孩子还差着十万八千里呢!"

"冷静点,崔泽先生。"菲兹维克女士给了埃比尼泽一个"别闹了"的眼神,"绅士从不发火。"

他们又接着参观了接下来的三层楼。菲兹维克女士开始有些不耐烦了,她发现没什么值得放进盒子的东西。

"那是最后一间屋子了吗?"她指了指怪兽的房门,"我的盒子还空着一大半呢,我们走得太快了!"

埃比尼泽的感受恰恰相反，他感觉刚刚的每分每秒都过得无比漫长，慢得让他恼火。他站在楼梯前，拦住了菲兹维克女士。

"到此为止了，"埃比尼泽说，"那里没什么您会感兴趣的东西。"

菲兹维克女士充耳不闻，她一把推开埃比尼泽，向上面走去。

"谢谢您，感不感兴趣恐怕您说了不算，说不定您把好东西都藏在那儿了呢。"

"不，停下，等等！"埃比尼泽吼道。

他想要拽住菲兹维克女士，但双腿累得跟不上她。她一把推开了老旧的门，把头探进房间。

"我来看看，这里有些什么宝贝？"

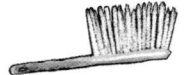

喧闹的帘幕

"这不关您的事。"埃比尼泽说。

"这是红色天鹅绒帘幕吧。"菲兹维克女士说。

她径直走过去,凑近帘幕,用手摸了摸那柔软的、毛茸茸的布料,又拿到鼻子前闻了闻。

"瞧您说的,崔泽先生,这帘幕跟我的办公室可真是绝配呀!"说完,她又迅速纠正了自己的口误,"我的意思是,跟孤儿院是绝配。众所周知,孩子们都对帘幕着迷得不行。"

"好提议,"埃比尼泽说,"我可以给您孤儿院的每个房间都配上这样的窗帘。咱们快下楼吧,我还可以再给您捐点钱。"

但菲兹维克女士还意犹未尽,她弯下腰,把耳朵贴到了帘幕上。

"这后面是不是有什么东西?"她问,"我发誓,刚才真的有声音,像是有人在打呼噜,或者吸鼻涕。"

"那不是打呼噜,也不是吸鼻涕!"怪兽用它滑溜溜的嗓音大声说,"那是一只杰出又美丽的生灵发出的声音,它能让你大开眼界,看到人生的新境界!"

菲兹维克女士看向埃比尼泽,她还从没看到过人生的新境界。埃比尼泽只是翻了个白眼。

"能退多远就退多远,菲兹维克女士,"他说,"别大喊,别尖叫,别发出任何讨厌的噪音。它有点吓人。"

"崔泽先生,我什么都见过,什么都吓不着我。"

埃比尼泽拉开了帘幕。菲兹维克女士拼尽全力才没叫出声来,但她还是倒吸了一口凉气,手里的茶杯也掉到地上,摔了个粉碎。但她很快就恢复了镇定,看着怪兽若无其事地继续道:"啊对,我在巴黎也见过这种东西。"

"这不可能。"怪兽用滑溜溜的声音说。

"那可能是去布达佩斯度假的时候见过。"她说。

"您不可能在巴黎、布达佩斯或者世界上任何其他一个地方见过,除了这间屋子。"埃比尼泽说。

"为什么？这是什么珍稀动物吗？"菲兹维克女士问。

"我是我们种族最后一个幸存者。"怪兽说。

作为孤儿院院长，菲兹维克女士深知如何对待失去家人的孩子。她用上了孤儿院里的常用话术，像对待每个走进孤儿院大门的孩子一样对怪兽说："别哭泣，也别抱怨。人人都有失去所爱之人的经历，大惊小怪只会让人觉得你烦人或者自私。"为了缓和气氛，她接着说，"你们种族的其他成员都怎么了？"

怪兽看了看自己的肚子，面露微笑。菲兹维克女士没明白它的意思，继续说："很高兴看到你没有过度悲伤，你很理性。"

"除了理性，你还对我有什么评价？"怪兽问。

菲兹维克女士看了看埃比尼泽，他似乎无意伸出援手。

"嗯，你灰溜溜的，眼睛很黑，块头也不小。"她说。

"我块头不大！我又纤细又美丽，最近还经常锻炼！"怪兽说，"话说远了，告诉我，我给你的印象怎么样？"

"很抱歉，我很难回答这个问题。因为我们才刚认识。"

这不是怪兽想要的答案，但菲兹维克女士根本没把它的想法放在心上。"您的拖把扫帚都放在哪儿了？"她问埃比尼泽,"一位淑女绝不容许所经之处如此脏乱。"

"在三楼,楼梯右手边第五扇门,就在信封信纸旁边。"埃比尼泽答道。

"没必要去那么远。"怪兽闭上眼睛和嘴巴,哼哼唧唧地扭动了一会儿,吐出一只簸箕和一把小扫帚。

"我的个老天爷呀!"菲兹维克女士惊讶得说出了一句近二十年来都没说过的话,"你是怎么办到的?!"

"小菜一碟,"怪兽答道,"好了,现在说说我给你的印象吧。"

"你绝对称得上有趣。我得承认,你刚才的把戏非常令人惊叹。"菲兹维克女士说,"只要你表现得够好,我也许可以把你放进我的盒子里。"

"棒极了,"怪兽得意地发出咕噜声,"这个答案好多了。"

"我想带孩子们来看看你,他们肯定会觉得有趣的。"她说。

"我并不觉得那是个好主意!"埃比尼泽赶紧说。

"我觉得这主意相当不错。"怪兽用两条舌头同时舔了舔嘴唇。

"我也觉得。别担心,我们肯定能说服崔泽先生。"菲兹维克女士说。

她弯下腰,开始打扫地上的碎杯子。才扫了三下,她就被怪兽肚子里的咕咕声打断了。

"我饿坏了,"怪兽似笑非笑地说,"埃比尼泽对我糟透了,好一阵子没给我东西吃了。"

"崔泽先生!那可是最不绅士的行为!"菲兹维克女士说。

"别对他太苛责,"怪兽说,"这几天他一直在给我准备大餐,所以也不算太坏。"

"好吧,那还差不多。"她说,"你喜欢吃什么?"

"什么都吃。我不挑食,而且很乐于尝试新食物。"怪兽说。

"不错。要是孩子们的胃口都像你这样就好了。你知道吗,他们有时候真的很不知感恩。"

菲兹维克女士终于打扫完了地板。怪兽的肚皮又咕咕叫了两声。

"把这个拿去最近的垃圾桶倒掉,崔泽先生。"她把簸箕递给埃比尼泽。

"呃,好的。您为什么不跟我一起下楼呢,来吧,我可以告诉您垃圾桶在哪儿！"埃比尼泽说。

"噢，没必要这么急着走，"怪兽说，"拿来给我吃了就行，我不介意。"

"碎杯子不会划伤你吗？"菲兹维克女士问道。

"我的胃袋很强壮，你可以来看看。"

菲兹维克女士走上前去，怪兽大张开嘴巴。她把簸箕和小扫帚扔到它嘴里，然后把脑袋伸进去仔细查看。

"为什么你的胃里有那么多紫色羽毛？"她问。

怪兽大张的嘴巴拗出一个微笑，两条舌头裹住菲兹维克女士，把她拽进了自己的肚子。

"不！快把她吐出来！"埃比尼泽绝望地大叫。

但无济于事。怪兽大口吞咽着，最后屋里只剩下它满足的咕噜声。

在过去的五百一十一年中，埃比尼泽从未见过如此可怕的场景。

"这零食真好吃，"怪兽说，"你考虑得可真周到，埃比尼泽。"

困扰

"别那么看着我,"怪兽说,"你现在的样子好像从没见过我吃饭一样。"

埃比尼泽的脸色苍白得像一杯兑了水的牛奶,他的手指在哆嗦,两个膝盖也抖得直打架。

"可这次不一样!"他喘着粗气,结结巴巴地说。

"人、猫、温斯顿·丘吉尔的雕像,都是一回事。真不懂你干吗这么大惊小怪。"怪兽说,"但不得不说,这次的零食真好吃。嗯嗯嗯,啊!我想吃的就是这个味道!"

怪兽心满意足地看看自己的肚皮,打了个嗝儿。

埃比尼泽根本动弹不得,只是在原地打战。他盯着怪兽可怕的嘴脸,心跳不断加速,整个胸膛都在发颤。

"噢,好吧,算了。"怪兽说,"你说得没错,在明天的大餐之前,我不能这么胡吃海喝。"

"所以……你还是想吃掉贝萨妮?你已经吃得这么饱了,还能尝出她的味道吗?"埃比尼泽抱着最后一丝希望问道。

"为什么不吃?我当然要吃了,傻瓜。那个叫福兹沃克什么的女人只是开胃菜!"怪兽说,"不得不说,这让我更加急不可耐了。"

"我要下楼了。"埃比尼泽说。

"去吧,你得躺下休息会儿了。你现在完全不在状态,老伙计。"

埃比尼泽捡起菲兹维克女士的盒子,走下楼去,但他没有躺下休息,而是径直走向自己的冥想室,那是八楼的几个极尽奢华的房间。他在其中一张冥想椅上坐下,静静消化着刚才看到的可怕画面。

埃比尼泽看怪兽吃下过各种各样的东西,从袋鼠宝宝到苍老灰白的北极熊,再到自己的宠物猫蒂布尔斯大人,他还眼睁睁看着怪兽大嚼特嚼了好几件古董。怪兽的吃相的确让人恶心,但从没这么令人害怕过。

他并没想要把菲兹维克女士喂给怪兽,却没能阻止这件事发生。现在,他已经把贝萨妮喂胖了,这样的场景很快又要重演。

他感到有什么东西在灼烧、啃噬着他的胃,闹得他心慌。过了好几分钟他才意识到,自己又感到愧疚了。

意识到自己的错误真是一种糟心的体验,这种感觉很像是你在镜子前发现自己穿了一整天的豹纹连体衣并不适合自己。

埃比尼泽胃里的感觉越来越强烈,他逐渐想起这些年来他喂给怪兽的一件件东西,那些哀泣、尖叫和吱吱哇哇的哭号声钻进他的耳朵,一张张惊恐的脸在他眼前闪过。

埃比尼泽总认为怪兽才是邪恶的那个,自己只是别无选择才做了它的帮凶。但现在,他意识到并非如此。每一次他为了魔法药水或者其他礼物出手帮助怪兽,都是糟糕透顶的行为。在过去五百年中的每一分每一秒,他随时都可以停止帮助怪兽,但他却选择做一个自私残忍的人。

愧疚感如同巨浪袭来,埃比尼泽连坐在椅子上的力气

都没有了。他需要做点什么来打断自己的思绪，于是拿起菲兹维克女士的盒子，继续向楼下走去。

在三楼的哭泣室短暂停留后，埃比尼泽走向一楼，他走进客厅，想用看电视来转移注意力，然后才意识到贝萨妮已经占领了最舒服的沙发。

令他惊讶的是，贝萨妮并没在看漫画，她两腿交叉，一脸怒气，身边扔满了蜡笔和纸片。

"你怎么能那么做？"她皱着眉头问。

埃比尼泽倒吸了一口气，他没想到贝萨妮这么快就发现了刚刚发生的事情。

"我简直不敢相信，你把那只会说话、会唱歌的鹦鹉喂给了怪兽，"她接着说，"你简直烂透了。"

埃比尼泽松了口气。他把盒子扔在地上，挨着贝萨妮在沙发上坐下来。

"是的，我烂透了，"他说，"很抱歉，我知道我这一生做了很多坏事，我真希望我没么做。"

贝萨妮大吃一惊，她以为埃比尼泽会反驳自己，没想到却听到了他的道歉。

"好、好吧，"她说，"我给你写了封信，让你好好反省自己有多坏。"

她拿起一张黄色的纸片递给埃比尼泽,埃比尼泽认真地读了起来:

亲爱的杰弗里:

我听说你很想念我,希望你知道,我也一直在想着关于你的事,你可能并不是坏耗子。如果你有空,想要在哪天下午和我一起看看漫画——

"不是那封!"贝萨妮发现自己弄错了,赶紧把信抢回去,试图掩饰自己涨红的脸。

她在沙发上找到了给埃比尼泽的信,又检查了两三遍才递给他。埃比尼泽凑近读了起来。

"对不起,但我看不懂。"他说。

"我也看不懂,"贝萨妮试着读了读,"抱歉,我一生气写的字就乱七八糟的。算了,我就直接对你说吧。"

贝萨妮清了清喉咙,站在墙上挂着的巨大电视下面,仿佛要表演节目一样。

"将小动物喂给怪兽吃是很不对的,尤其是会唱歌、会说话的鹦鹉。实际上,帮怪兽做任何事情都很不好,因为它是个可怕、邪恶、卑鄙、恶心、坏透了的东西。你帮助怪兽,所以你也是个坏人。不过,你也是我认识的坏人里面心肠最好的。

"你送我漫画,让我敞开肚皮随便吃东西。今天的遗愿清单之旅也可能是我人生里最快乐的一天。所以,你做得很棒。我不相信拥抱有用,但我可以让你拍拍我的脑袋,如果你愿意的话。"

贝萨妮向前一步,低下头,埃比尼泽从善如流地拍了拍她的脑袋。

"最重要的是,"她最后说,"我可以原谅你为怪兽做的那些事情,因为自从我到了你家,你就再也没给它吃过东西。我在努力变乖,所以你也应该跟我一起努力,人多力量大,我们可以互相帮助。你觉得呢?"

埃比尼泽迟疑了。他知道，做好人就意味着要说实话。

"怪兽饿了，你就是它的下一顿美餐，我收养你只是因为它想要吃一个小孩。"埃比尼泽一口气说道，"很抱歉给你造成了困扰。"

大笨蛋

埃比尼泽向贝萨妮坦白了一切。他承认自己收养贝萨妮只是因为她看起来很讨厌,觉得她活该被吃掉。他还告诉她,自己让她胡吃海喝,只是因为怪兽想要让她长胖点再吃掉。

对埃比尼泽来说,和盘托出一切很难。但对贝萨妮来说,消化这些真相似乎更难。

"但你为什么这么做?"听完埃比尼泽的坦白,她只问出了这么一个问题。

"因为我毕生的愿望,就是得到更多,"他苦涩地说,"我想要更多财物、更长的寿命、更好看的外表——无论什么,越多越好!你还是个孩子,不知道变老有多可怕。但对我来说那是最可怕的噩梦，"他说着指了指自己衰老的身体，"我总是惧怕衰老，不想看到自己年老的模样，担心还没实现所有愿望就死去。所以每次怪兽提出要帮我活下去，帮它几个小忙时，我马上就会答应。"

"几个小忙？"贝萨妮轻声说，"给它抓个孩子吃可不是小忙。"

"一开始并不是这样的。起初，它不过是让我给它带些有趣的食物，几盘烤牛肉、一两块鸡肉派之类的。后来它开始想尝尝活物的味道，一开始是昆虫，然后是老鼠或者鸽子之类的小动物。它的个头不断变大，胃口也变得越来越大。

"好几次，我都觉得心里不舒服，比如蒂布尔斯大人那次，但我的生命比什么都重要。"

"那我呢？我也是另一个蒂布尔斯大人吗？"贝萨妮问。

"不是。蒂布尔斯大人比你强多了，"埃比尼泽说，"蒂布尔斯大人是只温和高贵的猫，而你……以毁坏艺术品、偷漫画书、吃数不尽的巧克力蛋糕为乐。如果你有一丝丝像蒂布尔斯大人，我也不会把你从孤儿院领回来。"

贝萨妮是个倔强的女孩，但还没倔强到能忍住眼眶中

的泪水。被人说自己活该被吃，这滋味绝不好受。

"但、但我还以为你喜欢我呢。"她抽抽搭搭地说。

"我一开始并不喜欢你。实际上，我还很期待怪兽把你吃掉。"听到埃比尼泽这么说，贝萨妮的泪水大滴大滴地涌出来，她忍不住哭出了声。埃比尼泽站起来叹了口气，继续道，"但荒谬的是，我也不明白怎么回事，现在我好像喜欢你了。"

贝萨妮抬起头，泪汪汪的眼里闪出一丝希望。

"很不幸，你没有我想得那么讨厌，"埃比尼泽解释道，"而且和你一起玩还挺有意思的。我知道这听起来似乎很傻，但如果这栋房子里没了你，我可能会觉得有点寂寞。"

埃比尼泽和贝萨妮看着彼此，露出了微笑。贝萨妮冲着埃比尼泽的肚子打了一拳。

"你这个大笨蛋！"她说着又给了他一拳，直到埃比尼泽栽倒在沙发上。她接着拿起一只靠垫，开始砸埃比尼泽。"你怎么敢把我喂给那头怪兽！你怎么能对我说出那么过分的话！"

这回轮到埃比尼泽掉眼泪了，他对忍受疼痛可从不擅长。

贝萨妮不停地大喊大叫，乱砸乱撞，直到手臂发酸、喉咙嘶哑才停了下来。她一屁股坐在埃比尼泽身边,喘着粗气,一个字也说不出来。他们就这么静静坐了一会儿,埃比尼泽疼得直掉眼泪,贝萨妮则气得迸出泪花。

"现在我们怎么办?"眼泪干了后,贝萨妮问道。

"逃走,"埃比尼泽说,"没别的办法。"

"往哪儿逃?"

"我也不知道,还没仔细想过。"

贝萨妮笑了，远走高飞是她遗愿清单上后几个愿望中的一个。

"我们真的要离开这栋房子吗？"她问，"怪兽似乎不太跑得动。"

"只要想跑，它能跑得飞快。而且我们根本不知道它肚子里还藏着什么招数，留下来太危险了。上楼去，拿个箱子，小心别让怪兽发现我们的计划。"

贝萨妮爬上四楼，去了行李间。几分钟后，她选了一个黑色帆布背包和一只小小的棕色箱子，箱子上面有两个大写字母：P. B.。

"这两个字母是什么意思？"她提着箱子回到楼下，问埃比尼泽。

"秘鲁熊①之类的吧，这箱子是一年前我带给怪兽的，里面装着一个小家伙。"埃比尼泽顿了顿，"天哪，我真是个恶棍。"

贝萨妮在楼上找箱子的时候，埃比尼泽已经在客厅里翻出了一大堆贝萨妮可能用得上的东西，包括一些换洗衣服、几块巧克力蛋糕、一副望远镜和一只苍蝇拍。

---

① 秘鲁熊英文为"Peruvian Bear"。

埃比尼泽又打开了他藏在冰箱后面的保险箱，里面整整齐齐摞着好几沓一千英镑面值的钞票。他把钱装进贝萨妮的帆布背包里，装得满满当当，拉链都差点拉不上。

"这里大概有一百万英镑，应该够你用几周的了。"他说。

"你怎么会这么有钱？"贝萨妮问，"你抢过银行？"

"没有，都是怪兽给的。现在，嘘，我们没时间问问题了。"

埃比尼泽把其他东西装进贝萨妮的箱子，然后又加了几件行李，包括几本她没看完的漫画书和一包饼干。他把菲兹维克女士的盒子也拿了过来。

"这里有什么你想要的吗？"他问贝萨妮。

"你不是说没时间问问题了吗？"贝萨妮说。

"嘘，我们没时间开玩笑了，说傻话也不行！"

贝萨妮往盒子里看了看，里面有十二包甘草糖、旧书、开始发臭的牛奶和三只小号，还有几样菲兹维克女士给自己办公室偷的小玩意儿。没什么值得带走的。

"菲兹维克女士不想要这些东西了吗？"贝萨妮问，"她去哪儿了？"

"她恐怕已经死了，"埃比尼泽说，"对不起，我刚才就该告诉你的。怪兽把她吃掉了，我没能拦住。你生气了吗？"

贝萨妮没有生气。她向来讨厌菲兹维克女士和她那副假惺惺的淑女做派,所以她一点也不伤心,但她觉得自己应该表现出一点悲痛的样子。

"噢,当然了,"贝萨妮说,"我很伤心。"

埃比尼泽也不太喜欢菲兹维克女士,但他觉得自己有必要配合贝萨妮。"老天呀,真是个悲剧,她是个多好的人呀。"

他们默哀了一两秒钟,心想需要多久才能换个话题。贝萨妮率先打破沉默。

"我真的很讨厌被吃时的声音。"贝萨妮说。

"没错,真的很恐怖,充斥着各种尖叫和呻吟。真高兴能帮你逃走。"

"你决定好我们往哪儿跑了吗?"贝萨妮问。

"不是我们,是你自己离开,"埃比尼泽说,"万一怪兽发现咱们两个都跑了,还不知道会做出什么呢。我就留在这儿转移它的注意力。况且,我这副身体也跑不动了,会拖累你的。"

"但要是我走了,你怎么办?"

"我可能会给自己泡一杯紫茶,然后去睡觉吧。大概明

天某个时候,我就会和菲兹维克女士在死者的国度再会了。"

贝萨妮倒吸一口凉气。她知道埃比尼泽正一天天衰老,但没想到他这么快就要死去了。

"噢,别为我难过,"埃比尼泽说,"五百一十二年对我来说已经足够了。来吧,快走吧。"

埃比尼泽为贝萨妮打开大门,催促她离开。他下定决心不想泄露自己对死亡的恐惧,想要露出最勇敢的表情,却失败了,贝萨妮一眼就看穿了他。

"我不走。"她说。

"你必须走,"埃比尼泽坚定地说,"我命令你离开。"

贝萨妮扔下背包,把箱子里面的东西全倒在地上,关上了埃比尼泽试图撑住的大门。

"我永远也不会擅长听话,"她说,"我绝不会让你孤零零地死去。"

埃比尼泽的结局

第二天早晨埃比尼泽醒来时,内心涌起一股难过之情。他请求贝萨妮离开,但她丝毫不买账。每次他试图说服她,她就抱起胳膊,朝他吐舌头。

另一个让埃比尼泽感到难过的原因是他的样子,他现在看起来像是几百年前就该死掉的人。他的四肢疼痛不已,即使把单片眼镜贴在眼球上也几乎什么都看不见,全身上下满是皱纹。

他原本可以赖在床上,呻吟着自怨自艾地度过一天,贝萨妮却另有想法。她举着一只炖锅走进房间,并用木勺哐哐敲了起来。

"起床,起床,起床!"她大吼道。

"我已经醒了，让我自己待会儿吧。"埃比尼泽哀号道。

贝萨妮才不会如他所愿，她在床上跳上跳下，不停敲打着锅。埃比尼泽打起一分的精神，使出十万分的力气坐了起来。

"你这是干什么？"他问。

"我想要救你的命。我昨晚想了一夜，想出了几个主意。"贝萨妮从口袋里掏出一张皱巴巴的纸片。

"亲爱的杰弗里——"她念了个开头，发现自己又拿错了，赶紧从裤子后面的口袋里掏出另外一张纸，"第一个主意，送你去医院。"

"医生救不了我，只有魔法药水才行。你知道，人类根本就不该活五百一十一年，"埃比尼泽说，"而且我也不喜欢医院和医疗器械。"

"好吧。第二个主意，为什么我们不给怪兽找点别的食物来代替我？"

"我已经试过了，"埃比尼泽说，"恐怕它现在只对你感兴趣。"

"哼！不过没关系，我的最后一个主意绝对奏效，为什么我们不试试逼怪兽把药水给你？"

埃比尼泽叹了口气，他看着贝萨妮，纳闷她脑子里都装了些什么，她想怎样战胜一只无所不吃的魔法怪兽？

"我是这么想的，"贝萨妮说，"我们先去孤儿院借几个孩子，那儿有好几个跟我一样调皮的孩子，他们很会打架。你给我们买几个弹弓和一些烂苹果，我们冲上楼去攻击怪兽，让它吐药水给你。你觉得怎么样？"

"烂透了，完全不可行，"埃比尼泽说，"你们怎么逼它都没用。"

"好吧，我刚刚想到了第四个主意，特别厉害。"贝萨妮接着说。

"很好，但我不想把人生的最后一天都浪费在你这些没用的主意上。我们下楼吧。"

说起来容易做起来难，埃比尼泽花了差不多二十分钟才下了床，接着又花了半个小时才爬进洗手间。好不容易到那儿了，他又没了力气刷牙，贝萨妮只好举着牙膏，往他嘴里挤。

埃比尼泽继续爬，最终在贝萨妮的帮助下成功下了楼。到达厨房时，他已经累得筋疲力尽。

"你想吃什么？"贝萨妮问。

　　这对埃比尼泽来说居然是个很难回答的问题。该选什么作为自己最后的早餐呢？埃比尼泽的脑子里满是问号。他想喝粥吗？吃个牛角包会不会更好？去餐馆享用一点烤熏鱼怎么样？

　　埃比尼泽犹豫了半天也不知道要吃什么，贝萨妮干脆替他做了决定。她端出一杯紫茶和一盘她特制的松饼三明治，埃比尼泽没想到这就是自己最后的早餐。但还没来得及抱怨，他们的早餐就被一阵可怕的噪音打断了。

怪兽在摇铃。

埃比尼泽和贝萨妮的脸色变得有些苍白,两人都努力不去理会铃声,但无济于事。埃比尼泽在过去的五百年中已经习惯了回应每次的铃声,而贝萨妮则根本无法忽略一个要活吞了自己的怪兽。

铃声还在继续。

埃比尼泽的心脏在胸膛里狂跳,豆大的汗珠从他皱纹丛生的眉头流下来。贝萨妮紧咬嘴唇,让自己不要叫出来。他们无比希望这铃声能赶紧停止。

大约十分钟后,铃声停下了,但没有声响反而让他们感觉更糟。他们不由得怀疑怪兽是不是要做出更可怕的事。

"你觉得它在干什么?"贝萨妮问。

"计划下一步该怎么做。"埃比尼泽答道。

他们等着铃声再次响起,但始终没有。

"这应该是个好消息吧。"贝萨妮也不敢确定。

"是的,肯定是。"埃比尼泽说着自己也不相信的话。

埃比尼泽咬了一口松饼三明治,脑子里全是担忧和恐惧,嘴里根本没尝出味道。

"这是不是意味着怪兽被困在那儿了?"贝萨妮问。

"或许是吧,"埃比尼泽说,"或者意味着——"

他们的早餐再次被打断,而且这一次声音来得更近,更让人无法忽略。那架怪兽吐给埃比尼泽的迷你钢琴忽然在前窗边自己奏起了乐曲,那声音杂乱无章又响得出奇,就像一只猫砸在了琴键上一样。

贝萨妮和埃比尼泽面面相觑,起身检查钢琴。他们走得越近,音乐声就越大、越愤怒,琴键仿佛有了生命似的。

"这怎么可能?"贝萨妮问。

"是怪兽干的,"埃比尼泽说,"它肯定能控制自己吐出来的东西。"

仿佛是为了印证埃比尼泽的观点,钢琴动了起来。它的琴腿刮擦着地面,在地板上留下深深的划痕,径直朝贝萨妮和埃比尼泽走来。尽管那动作缓慢又笨拙,还是把两人吓得够呛。

埃比尼泽和贝萨妮飞快地退回到厨房,但一个出其不意的攻击正等着他们。茶杯和茶壶纷纷离开了橱柜,朝他们的脑袋飞来,然后在地上和墙上砸得粉碎。

与此同时,冰箱也发了疯,冰箱门开开关关,发出砰砰的声响,里面的东西疯狂地飞向埃比尼泽和贝萨妮。装着甜品的冰箱尤其愤怒，而且准头不错，用蛋奶酥砸中了贝萨妮好几次。

"我们必须离开这儿！"贝萨妮大叫着说。

很不幸，钢琴似乎已经猜到了贝萨妮的想法，一路跌跌撞撞地堵上了前门，拦住了他们逃命的路线。几台装甜品的冰箱也纷纷从墙边跳过来，堵住了其他出口。

"快，带我去客厅。"埃比尼泽累得快要说不出话了。

贝萨妮和埃比尼泽跌跌撞撞地去往客厅。他们每走一步，都有茶具、餐具和其他屋里的摆设紧随其后，一路追击。刚走进客厅，埃比尼泽就紧紧关上了门，贝萨妮拖来一张桌子和一把椅子将门堵住。

"为什么躲在这里就安全了？"贝萨妮问。

埃比尼泽已经累得站不住了，他一头倒在沙发上，发出一声长长的呻吟，眼皮也开始打架。

"埃比尼泽，现在可不是打瞌睡的时候！"贝萨妮急得大喊大叫。

"相信我，我们在这个房间比较安全。"埃比尼泽的声音越来越微弱，"这里几乎没有怪兽肚子里的东西，大都是我用怪兽给我的钱买的。不过有几样东西你得扔掉。"

他指的是一套雪景球、一只脚凳、一件挂在门背后的睡袍、一只空花盆，还有一套飞行棋。贝萨妮趁它们还没活过来，把它们一股脑儿锁进了房间角落的箱子里。

"干得漂亮，应该没有别的了。"埃比尼泽说。

但他还忘了一样东西，电视突然自己开了机。贝萨妮太矮，够不着它。埃比尼泽的心跳得越来越快，根本站不起来。

有那么一会儿，两个人觉得电视不会对他们造成什么威胁，它只不过是在播放一个动画片，讲的是一只会破案的帽子和一条坏蛋围巾的故事。

"噢，我喜欢这部动画片！"贝萨妮说。

但接下来，屏幕上的画面变成了灰色，开始模糊起来，帽子和围巾激烈的打斗也变成了怪兽愤怒的黑眼睛。

"噢，我可不喜欢这个。"贝萨妮说。

怪兽后退了一步，让屏幕差不多能装下它的整张脸。它居高临下地俯视着埃比尼泽和贝萨妮。

"埃比尼泽！你在哪儿，埃比尼泽？我太——饿——了！"它咆哮道。

埃比尼泽没有回答，怪兽似乎看不见屏幕这边的情况。

"如果你再不理我,埃比尼泽,我就杀了你!"怪兽吼完这句,休息了一会儿,埃比尼泽和贝萨妮听见它愤怒急躁的呼吸声。

贝萨妮捡起遥控器,想要换回卡通台,结果发现遥控器不管用。她又试着关掉电视,但它仍会自己打开。

"拔掉插头!"埃比尼泽说。

这一招也没用,屏幕上还是阁楼里怪兽的画面。它又开始说话了,不过这次换了种语调。

"贝萨妮……噢小贝萨妮!"它轻声细气地说,"我的小宝贝贝萨妮!埃比尼泽那个傻瓜是不是死了?快上来看看我呀,我可以让他复活!"

埃比尼泽摇了摇头,他简直无法相信怪兽还能这么低声下气。

"噢,贝萨妮,你猜怎么着?我想出了一个法子,能让你的父母活过来!快上来见我,我可以悄悄告诉你这个小秘密。你不想听吗,小宝贝贝萨妮?"

埃比尼泽的脑袋摇得更厉害了。

"你好呀,贝萨妮,"怪兽的声音变得有些奇怪刺耳,"我是你的妈咪呀。怪兽让我复活了,快上来看看我!天哪,

怪兽真是太聪明、太伟大、太有魅力、太棒了……"

埃比尼泽拼命摇着头,都有点担心自己要把脑袋摇掉了。贝萨妮则埋头在菲兹维克女士的盒子里翻找着,找出了那瓶已经完全臭掉的牛奶,小心翼翼地对准电视砸了过去。

牛奶瓶碎了,电视屏幕也碎了一地。发臭的牛奶沾上电线,电视开始危险地嘶嘶作响、火花直冒,可怪兽的画面并没有消失。

"噢,贝萨妮!"怪兽又装成了贝萨妮的爸爸,"快到爸爸怀里来!"

"你永远也别想见到贝萨妮!"明知道怪兽听不见,埃比尼泽还是冲着屏幕喊道,"她会离开这里,再也不会回来!"

"好了,小宝贝贝萨妮,我要下来抓你啦!"

埃比尼泽倒吸了一口凉气,贝萨妮也发出一声惊恐的尖叫。只见怪兽摇摇晃晃地走出了画面,但不一会儿又回去了,糖浆似的汗水从它肥胖的身体上哗啦啦地往下流,它看起来非常沮丧。

"好吧。我没法从十五楼走下去!"它哀号起来,"快上来,贝萨妮!"

贝萨妮不为所动,她欢呼一声,然后和看起来已经皱巴巴的埃比尼泽高兴得击掌庆祝。

怪兽气得直冒烟,它拼命跺脚,糖浆般的汗水都被怒火变成了蒸汽。埃比尼泽和贝萨妮被怪兽无能为力的样子逗得哈哈大笑。

可是随即怪兽露出一个邪恶的微笑,身体开始扭动,发出哼哼唧唧的声音。

它先是吐出来一袋砖头,把砖头放在右手边;又吐出一只小月亮大小的保龄球,放在左手边;最后它吐出一块一百千克重的哑铃片,放在自己面前。被这三样无比沉重的东西围着,它周边的地板开始吱呀作响。

"它在干什么?"贝萨妮问。

怪兽开始上蹿下跳,刚跳到第三下,地板就撑不住了。怪兽和那些重物消失了,一起掉到了下面的第十四层。

"噢不,天哪!"埃比尼泽说。

怪兽吐出更多重物,一层层穿透楼板。很快,它离贝萨妮和埃比尼泽就只剩两层了。

"我们完蛋了!"埃比尼泽说。他的心脏已经不堪重负,他紧紧抓着胸口,重重地倒在沙发上。贝萨妮赶紧跑过来,摇晃着埃比尼泽的身体,拍打他的脸,想要叫醒他。可他眼中生命的火花在一点点熄灭。"我真的很抱歉,"他喃喃道,"这都是我的错。我一开始就不该带你来这里。"

埃比尼泽紧紧握了一下贝萨妮的手,接着,他所有的生命迹象都消失了:他的呼吸停止了,双眼紧闭,布满皱纹的皮肤变成了令人难过的灰色。

"噢,贝萨妮!"怪兽终于压穿了最后一层楼板,站在门厅里喊道,"怪兽在跟你问好呢!"

泪水从贝萨妮的眼眶里喷涌而出,鼻涕也从鼻子里流了出来。但贝萨妮知道,她必须结束这一切。她放下埃比尼泽失去生机的手,走向菲兹维克女士的盒子,从里面拿出一只小号,塞进自己裤子后面。

她做好了面对怪兽的准备。

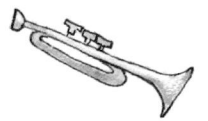

怪兽与贝萨妮

怪兽用那只小月亮大的保龄球撞开了房门,然后用一百千克重的哑铃片和那袋砖头推开了其他障碍物。它让钢琴弹起了另外一首恶心的歌曲,自己则扭动着身子进了房间。

"嗨!"它似乎在贪婪地嗅着房间里的空气,"我闻到了一股死亡的美味气息!"它用鼻子四处闻了闻,发现那气味来自埃比尼泽,"可怜的埃比尼泽,真遗憾,他可是我几千年来数一数二的仆人。"

"这不是遗憾,是谋杀!"贝萨妮说,"如果你给了他魔法药水,他就不会死!"

怪兽转向贝萨妮,发现她已经长胖了不少,它舔了舔嘴巴,用那软绵绵、滑溜溜的嗓音说:"啧啧啧,埃比尼泽把你喂得不错，你就像只超级大草莓一样甜美多汁。"

"你看起来还是像一大团变了味的蛋黄酱。"贝萨妮说。

"无知的小屁孩！蛋黄酱能办到这个吗？"怪兽扭动身子，哼唧了几声，吐出一只花园地精。

"不能，但我也不想要这玩意儿，它只会偷吃我的薯片，"贝萨妮答道，"再说了，如果我想要，干吗不自己去园艺商店订购呢？"

"傻孩子！你那个园艺商店能给你这个吗？"

怪兽又扭动着身体哼唧了一声，吐出一只拇指大小的三角形瓶子，里面装着一种蓝色的药水。贝萨妮看到它，抬了抬眉毛。

"这就是魔法药水，里面包含青春永驻所需的所有维生素。它的效力太强，连我都没法像控制钢琴和其他东西一样控制它。"怪兽扬扬得意地说，它停下来思索片刻，继续道，"不知道这能不能让埃比尼泽起死回生，再重新找个人替我觅食太麻烦了。"

"这有点——"贝萨妮欲言又止。

"大开眼界？难以置信？值得称赞？"怪兽一副自鸣得意的样子。

"不，我是想说这有点——"

"比园艺商店强？比一勺蛋黄酱厉害？"

"不！说实话，这有点……少。"贝萨妮说。

房间里的气氛本来就不太愉快，这下子又冷了几度。这种不顺耳的建议怪兽可不乐意听见。

"少？"怪兽反问道，"你再说一遍，你的意思是这瓶能让人起死回生、长生不老的魔法药水，太少了？"

"我说的是有点少。"贝萨妮纠正道。

"你大概不知道，上次我给了埃比尼泽这么一瓶药水，让他一整年都青春靓丽、容光焕发！"怪兽咆哮道，"而且我想吐多少就能吐多少出来！"

为了证明自己的能力，怪兽又边扭动身体边哼唧着吐出了更多的药水。这次，它吐出的瓶子有手掌那么大。

"这瓶药水足够一个人十年不老！"怪兽冲贝萨妮喊道。

贝萨妮耸耸肩，假装不为所动。怪兽又吐了一次，这次它吐出一只手臂那么长的瓶子，足够用七十年。

"这还像点样子。"贝萨妮说。

这下她可以看清药水了，那蓝色的药水就像通了电一样打着旋儿，似乎有自己的思想。怪兽累坏了，一屁股坐下来。

"你可以走近点看。"怪兽说。

贝萨妮往前走了一步,怪兽的三只黑眼睛都闪着兴奋的光芒。她停下脚步,又退了回去。

"我知道你在打什么算盘。"她说。

怪兽眼里的兴奋瞬间变成了不耐烦。

"我只是想让你看清楚些。"

"不,你是想骗我走近点,好把我吃掉。"她说。

怪兽发出一阵假惺惺的笑声。这笑声持续的时间长得出奇,包括大约十七次"呵呵"、十二次"哈哈",还有两声长长的"嚯嚯"。之后它说:"吃掉你?你怎么会这么想?"

"埃比尼泽早就把一切都告诉我了。"

这次怪兽眼中的不耐烦变成了愤怒,如果它能用眼睛吐口水,肯定会愤怒地吐上一口。

"那个烂透了的叛徒,死得好!他又犯傻,跟上次那只猫被吃掉的时候一样。"怪兽说。

"跟猫那次不一样。我们是好朋友,"贝萨妮说,"其实,埃比尼泽告诉我,我是他第一个真正的朋友。"

"什么?!"怪兽感觉自己被埃比尼泽背叛了,"我送他礼物,他给我带吃的,这还不叫友谊吗?"

"友谊的含义可远不只是这些,你这个愚蠢的大脓包。友谊是遗愿清单,是松饼三明治,是不在朋友枕头下面放癞蛤蟆,是——"

"你好像对我有什么误解,你以为我会在乎朋友吗?"怪兽摇了摇自己的小手,装甜品的冰箱立刻飞进了客厅,拦住了贝萨妮的去路,冰箱门还示威般地开开关关。而另一头的钢琴则奏起了一首可怕的曲子。"我要吃了你,你无路可逃。"怪兽说。

"我也没打算逃,"贝萨妮说,"我想跟你做个交易。"

怪兽又哈哈大笑起来,但这次,它的"呵呵""哈哈"和"嚯嚯"更加发自内心。因为它着实被贝萨妮逗乐了,决定听完她的话再吃她。

"我可以让你吃我,但作为交换,你必须救活埃比尼泽。"贝萨妮说。

"你同意让我吃了你?"怪兽又是一阵大笑,"你已经被包围了,根本逃不掉,也无法阻止我吃你。况且,那药水也不知能不能起死回生,我从没试过用它去救死人。"

"如果你不救活埃比尼泽,那你也不可能称心如意地吃到我。我会东躲西藏、上蹿下跳,你和你的甜品冰箱就得跟在我的后面团团转,还会把房间弄得一团糟,累不死你才怪。这是你第一次吃孩子,你应该很想细细品尝吧?"

怪兽苦笑一声,它发现贝萨妮说得很有道理。少了埃比尼泽的帮助,要抓住贝萨妮可不是件容易的事。如果她愿意束手就擒,味道应该会更加鲜美。

"交易必须公平,"贝萨妮说,"是埃比尼泽把我带到这里的,现在却是你要吃了我,只有让他复活才算公平。"

贝萨妮走上前来,现在她离怪兽的血盆大口只有两步远了。怪兽兴奋地喘着粗气,黏糊糊、灰溜溜的口水不断从它的嘴角淌下来。

"你知道自己在说什么吗?"怪兽问。

"当然,我很清楚。"贝萨妮说。

"我可不这么认为,你恐怕压根儿就不明白接下来会发生什么。"

"我知道你要吃了我,这还不够吗?"

怪兽阴险地说:"噢,实际情况可比这糟糕得多,让我给你解释解释。首先,我会用舌头把你卷进我的肚子,然后用牙齿撕咬。

"你根本不知道我会先吃你身上的哪里,我可能会从你的屁股吃起，也可能先吃你的一根脚指头。只有一件事情是肯定的，你会在极度痛苦中死去。现在你还想要乖乖地走进我的嘴里吗？"

"不想，"贝萨妮说着又往前走了一步，"但为了救活埃比尼泽，我必须这么做。"

怪兽听到这话心满意足。

"那好，一言为定，"怪兽说，"我会先吃了你，然后如果那药水真的能救活埃比尼泽，我会让他活下去。反正让他活着对我也有好处。"

贝萨妮达到了自己的目的，现在只要再往前走一小步，她就会成为怪兽的盘中餐。她迟疑了一下。

"快点，"怪兽说，"你越磨蹭，药水救活他的希望就越渺茫。"

贝萨妮知道自己该怎么做才能救回埃比尼泽，她把双手放在背后，又向前走了一步。

"祝我有个好胃口。"怪兽说。

它张开口水淋漓的血盆大口。贝萨妮从裤子后面掏出小号，径直扔进了怪兽的喉咙。她想看看怪兽到底是怎么对小号过敏的。

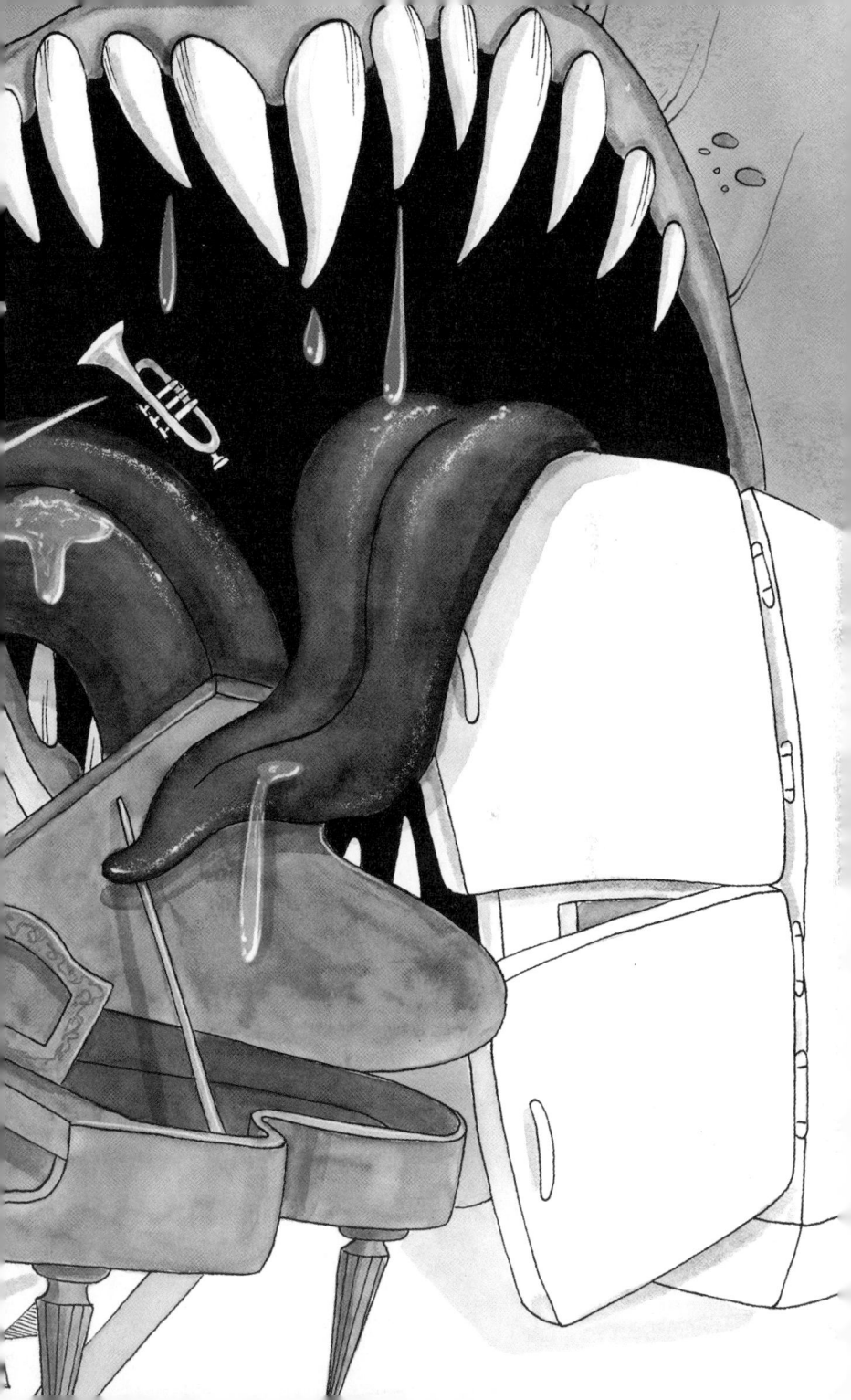

效果立竿见影。怪兽想要把小号吐出来，但为时已晚。

它猛地合上嘴巴，三只黑溜溜的眼睛里满是恐惧和愤怒，鼻子里喷出了蒸汽。它肚子里发出一阵剧烈搅拌的声音，皮肤像要撑破了一样。

紧接着，它开始萎缩，就像一只漏气的气球，越来越小。怪兽难受得满地打滚，十秒钟后，它就已经缩到了一只垃圾袋大小。又过了十秒钟，怪兽已经只有一只足球那么大了。钢琴不再演奏，冰箱门也不再开开合合。

眼前的一切是那么令人惊叹，但贝萨妮没心情欣赏。她赶紧抓起离自己最近的那一小瓶药水，奔向埃比尼泽。她捏开埃比尼泽的嘴巴，把药水灌了进去。

时间一分一秒地过去，埃比尼泽毫无反应，贝萨妮开始担心自己是不是做错了什么，或者为时已晚。但突然，埃比尼泽咳嗽了一声。

随着咳嗽声，埃比尼泽脸上的皱纹开始消退，花白的发丝也变回了金色。又咳了一阵子，他已经有力气站起身了。他眨巴着眼睛望向贝萨妮，大惑不解。

"这是……怎么回事？"他问道。

"小号和起死回生药。"贝萨妮的回答让埃比尼泽更加

困惑了。

"怪兽去哪儿了？"他问。

"问得好。"贝萨妮答道。

她转身去找怪兽，却发现地上空空荡荡，怪兽消失了。

"你把它杀了吗？"埃比尼泽问。

"我不知道。"贝萨妮答道。

他们来到刚才怪兽所在的地方，仔细地在地板上搜寻。怪兽仍在原地，还没咽气，但已经缩到了毛毛虫大小。

埃比尼泽弯下腰，提着怪兽的一条腿拿起来。它还是长着三只眼睛和两条舌头，仍在生气地嚷着什么，但声音小得几乎听不见。

"现在我们该拿它怎么办？"贝萨妮问。

最后一餐

今天,宠物鸟店主穿上了自己最体面的礼服:黑西装、白衬衫,以及一条系得不太紧的灰领带。他笔挺地站在收银台后,身边立着一块牌子,上面写着"物美价廉的宠物鸟参观之旅"。

"你不是说不带人参观吗?"贝萨妮问。

"你和崔泽先生给了我灵感。我开始带人参观后,客人们都快把店门挤破了。但我还是没能把那只死气沉沉的麝雉卖出去。"他说话的时候,一只鸟正唱着颇有异域风情的小调。

它已经唱了几个小时,曲调轻快活泼。贝萨妮和店主沉浸在这美妙的歌声中,等着埃比尼泽停好车过来。

不一会儿,埃比尼泽也走进了店里。他看起来年轻英俊,满头金发闪闪发亮。

"您又换发型了吧,崔泽先生?"店主问,"这次您的气色看起来好多了。"

"谢谢。"

埃比尼泽也注意到了那块招牌,问道:"您不是不带人参观吗?"

"现在我开始带了,"店主说,"生意可红火了。"

"为什么你带我们参观的时候不穿成这样?"贝萨妮问。

"这不是为了参观的客人准备的,而是为了一场纪念活动,今天我们要为帕特里克举行追悼会。"

埃比尼泽忽然留意到店里的歌曲，这曲调让他想起了帕特里克。

"听起来有点像它唱的，"埃比尼泽说，"它生前……录过唱片吗？"

"没有，那是克劳黛特的歌声。它是帕特里克的表妹，"店主说，"它今早来店里拜访，我不得不告诉它这个噩耗。然后它就按照温特洛里安的习俗，立刻唱起了悼念曲。"

埃比尼泽探头朝店铺后面看去，发现克劳黛特不只歌声听起来像帕特里克，长得也有点像。它胸前的羽毛也是紫色的，小爪子绿油油的。但它比帕特里克矮了一点，也稍胖一些。

"你不觉得这首歌对于葬礼来说有点太欢快了吗？"贝萨妮说。

"是有点，但它的确有副好嗓子。"埃比尼泽说。

三个人又静静站着听了会儿歌，思绪随着歌声飘到了不同的地方。

最后，还是店主打破了沉默。因为他已经听了好一会儿了，而且作为一位商人，他不喜欢让客人无所事事地待在店里。

"您有什么想要的吗?"他问。

"是的。实际上,我们正在找——"埃比尼泽说。

"今天是埃比尼泽的生日,"贝萨妮插嘴道,"你们有生日折扣吗?"

店主听到"折扣"两个字的时候瑟缩了一下,不过他忽然有了个主意。

"我们不仅能给您提供折扣,还会为最尊贵的客人送上一份特别的生日礼物!"

说完,他转身要走向店铺后面,埃比尼泽拦住了他。

"对不起,我不想要那只麝雉,"埃比尼泽说,"谢谢您的好意,但我们不是来买鸟的。"

店主转身看向贝萨妮和埃比尼泽,神情稍显不悦。

"崔泽先生,您也知道,我这儿是宠物鸟商店。您这周都来了三趟了,每次都不买鸟。您第一次说想要一个小孩,第二次要一场参观,现在又想要什么?想要个因纽特雪屋?想找寻生活的意义?还是想要头该死的河马?"

"如果不麻烦的话,我们想买只笼子。麻烦您拿出您这儿最结实的笼子,拜托了。"埃比尼泽说。

"好吧,那也成,"店主嘟囔道,"您是要拿笼子去关一头猛兽吗?"

"一头相当强壮的猛兽,"埃比尼泽说,"跟一头发脾气的小象差不多,力气又大又危险。"

"好极了。那您一定需要一只帕姆雷斯笼。这种笼子可结实了,我以前拿它关发脾气的鹤鸵。"

"听起来不错。"埃比尼泽说。

"不过价钱可不便宜。"店主满脸贪婪地说。

"钱不是问题。"埃比尼泽说。

"我就爱听您说这句话。"店主说着去后面找了一会儿,然后拿来一只带着铁栅栏和大挂锁的笼子,"这个怎么样?"

"很抱歉,但这恐怕不是我们想要的那种笼子,"埃比尼泽说,"您有小一点的吗?最好是栅栏中间没有空隙的。"

店主冷哼了一声,翻出帕姆雷斯笼可是让他费了不少工夫。"您有那猛兽的照片吗?最好能给我一个参考尺寸。"

"我们把它带在身边呢!"贝萨妮兴奋地在口袋里翻找了一阵子,然后把怪兽拎了出来,它现在看上去还没有一根手指长。

店主根本没有笑的心思。他不喜欢恶作剧,特别是涉及买卖时。

"崔泽先生,您可能觉得这很好玩,但我可不这么觉得。我在这儿是做生意,不是陪您开玩笑的。"

"我们不是开玩笑,这个东西可是世界上最致命的存在。"埃比尼泽解释道。

店主耸了耸肩,重新去后面找笼子。他算是想清楚了,如果顾客执意要买这样胡闹的东西,再抱怨也没用。

埃比尼泽看了看现在还没有手指大的怪兽,心里还是惴惴不安。

"怎么了?"贝萨妮问。

"我在想,如果药水喝完了我该怎么办。我知道自己肯定又会想要把怪兽喂肥。"

"我们手上的药水够你支撑八十年了,我觉得你不会有事的。"

"但等你到了五百一十二岁,就会觉得八十年不过是弹指一挥间!"

"那你就要珍惜每一天。我们也要一条条去实现你的遗愿清单。"贝萨妮说,"我会陪在你身边,保证你不会做坏事。只要我还在,你就不要去喂怪兽。"

埃比尼泽笑了,贝萨妮也露出了微笑。他们谁都不知道该怎么保证才能不做坏事，但他们都一心想要帮助彼此变成更好的人。

然而这美好的一刻被贝萨妮的尖叫声给打断了，因为贝萨妮的手指忽然被怪兽咬了一口。

"啊！"她一把将怪兽扔到地板上，"我流血了！"

"哎呀，伤口看起来不浅。"埃比尼泽说。

吸了血的怪兽立刻开始长大，现在它看起来是一条大毛毛虫了。这时候，店主从后面回来了，手里拿着一个钻了气孔的铁盒，比一只火柴盒大不了多少。

"您这里有没有创可贴或者小绷带？"埃比尼泽问道。

"我这儿不是药店，是宠物鸟商店！该死，我到底要跟你们说多少次?！"店主终于发火了。

贝萨妮不慌不忙地从背包里拿出一张一千英镑的钞票，裹在手指上止血。店主瞪大了眼睛。

埃比尼泽小心地拎起怪兽的一只脚，把它放到收银台上。他里里外外检查着那个铁盒，想知道它到底够不够结实。

"这就是您这儿最好的了？"埃比尼泽问。

"按您要的大小，就是它了，关住一条虫子不成问题。"店主说。

"它不是虫子,是全宇宙最致命的存在!"

"好吧,它足够关住致命野兽。"

美丽的歌声停下了,演唱者克劳黛特飞了出来,与自己的听众打招呼。就像所有温特洛里安紫胸鹦鹉一样,它彬彬有礼的。

"你们好呀,"它冲贝萨妮和埃比尼泽轻轻扇了扇翅膀,"希望我的歌声没有打扰到二位。"

"开什么玩笑?你的歌声美妙极了!"贝萨妮按捺不住兴奋。

"你们太客气了,"克劳黛特说,"我多么希望自己下次能在一个快乐的场合演唱这首歌呀!可惜,今天的表演是为了我不久前去世的表兄。"

"噢,我深表哀痛。"埃比尼泽说。

"别这么说,它的死不是您的错。"克劳黛特说。

"实际上,的确是我的错,"埃比尼泽坦白了,"它是在我家死去的。我不是个称职的主人,我真是个……我真的很抱歉。"

克劳黛特的眼中涌出紫色的泪珠,它用一只翅膀抹掉了眼泪。

"您对我这么坦白可真是有担当,"它拍了拍埃比尼泽的肩膀,"谢谢您。"

"千万不要谢我,那样我会更难过的。"

"没有人是完美的,人皆有一死。忏悔自己犯过的错,记住你失去的朋友,仅此足矣。沉溺于过去就等于浪费生命,帕特里克不会希望您这么做的。"

"但是——"

"不管您做了什么,我都原谅您。如果您想要纪念帕特里克,就给这个世界带来更多快乐吧。"

这是他们从一只小鸟口中听到的最美好的话语。

"我可以问个问题吗?"贝萨妮没等克劳黛特答话就插话说,"如果你这么为帕特里克的死悲伤,那为什么要唱一首欢乐的歌曲呢?"

"因为这是一首关于帕特里克一生的歌曲,而不是关于它死亡的。它的一生都很快乐。"

埃比尼泽开始思考,一首关于自己一生的歌曲会是什么样。它肯定很长,但不一定快乐或者有趣。他暗暗发誓,一定要做出改变,让剩下的八十年变得有滋有味、丰富多彩。

"您今天下午有什么安排吗?"克劳黛特问,"如果没有,我想再给您唱几首关于帕特里克的歌。它巡演的时候,给瑞典的阿巴乐队做过暖场表演,其间发生了一件特别好笑的事情,我想唱给你们听。"

因为家里的天花板还没修好,埃比尼泽和贝萨妮本来想待在孤儿院,等着菲兹维克女士的继任者到来。他们打算给所有孩子举办一场午宴来庆祝埃比尼泽的生日,但克劳黛特的提议听起来更有趣。

"这主意太棒了,"埃比尼泽说,"要不你跟我们一起回孤儿院?那儿的听众更多。"

"没错,我的朋友杰弗里对会说话的鹦鹉着迷得不得了!"贝萨妮兴奋不已地补充道。

"太棒了!那我们就赶紧去——"

克劳黛特圆滚滚的肚皮里发出一阵咕咕声,打断了它的话。

"那是歌曲的前奏吗?"埃比尼泽问。

"不,这是肚子饿了的前奏。"克劳黛特答道,它转向店主,"请问您有没有什么小零食可以让我填填肚子?"

"没有,我恐怕没有!"店主为鸟食花了不少钱,他可不想白送。

此时，贝萨妮的手指不再流血了。她把那张血迹斑斑的钞票拿下来，递给店主。

"这点钱够给它买点吃的吗？"

"当、当、当然够了！"店主高兴得话都说不清了。

"太棒了，"克劳黛特说，"那我就吃收银台上那个零食吧。"

说完它猛地冲向铁盒，一口吞下了怪兽，然后露出了一个古怪的表情。

"我从没吃过这么奇怪的虫子，"它说，"为什么它吃起来有点像煮白菜？"

"那不是虫子。"贝萨妮哈哈大笑。

"的确不是，"埃比尼泽也跟着笑起来，"那是全宇宙最致命的野兽。"

终章……

我的意思是请翻页……

怪兽与宠物鸟店主

三个星期后,贝萨妮和埃比尼泽帮宠物鸟店主把迷你钢琴搬进了他的商店。他们累得满头大汗,腰酸背痛。

"就放在收银台旁边吧,我想在客人进门的时候为他们演奏。"店主说。

为了给孤儿院筹款,贝萨妮和埃比尼泽把家里的东西拿出来甩卖,宠物鸟店主买了乐器和几样杂物,都是怪兽吐出来的。这架钢琴买得相当划算,价码还有点好笑——整整二十条虫子。

"您还需要我们帮什么忙吗?"埃比尼泽问。

"傻瓜,我们没时间了,现在该走了。"贝萨妮说。

"如果您需要我帮忙喂鸟、清理鸟笼,或者只是和它们聊聊天，请随时告诉我们。我们很乐意帮忙。"埃比尼泽说。

"不过不是发自肺腑的！"贝萨妮补充道。

贝萨妮花了一天时间为自己和埃比尼泽制订了一个做好事计划表，但埃比尼泽似乎一点也不喜欢。

"恐怕我这儿没什么需要您帮忙的，崔泽先生。您可能会给我帮倒忙，"店主说，"但我实在不明白，您为什么要做那么多好事。这听起来完全是在浪费精力。"

"没错，而且浪费时间！既然怪兽已经没了，我就只剩下八十年好活了。"埃比尼泽可怜巴巴地说。

"我们早就谈过这个了。八十年那么长，我们得过得有意义。上车，我再也不想跟你讨论这个问题了。"贝萨妮说。

贝萨妮把埃比尼泽拽出商店，上了车，留下店主一人和小鸟们做伴。

店主在新买的钢琴前坐下。他希望这个新物件能吸引更多顾客，也让鸟儿们快活起来。

很遗憾，两个希望都落空了。

店主不是个天生的音乐家，也不愿意花钱找老师学习，因为他觉得这完全是在浪费钱。他弹出来的曲子完全不着调，不仅吓跑了客人，还惹怒了店里的小鸟们。

那天晚上，当他数不清第多少次挫败地演奏《砰！鼬鼠跑了！》的时候，鸟儿们终于用叽叽喳喳、长长短短的哀号抗议起来，愤怒地冲他叫嚷。

"噢，闭嘴！"他吼了回去，"我倒是想听听你们怎么弹《砰！鼬鼠跑了！》，这曲子难得很！"

鸟儿们的回答是和谐地哼唱出了整首曲子，本来它们还要再唱个返场小曲，却因店主扬言停止喂食而吓住了。

"如果再让我听到你们哼唧一声，我就把你们全都送去流浪猫之家。"他警告道。

他等了十秒钟，很高兴地发现自己的威胁奏效了。他活动了手指关节，伸展了手指，正要从头开始演奏，忽然又被一只小鸟打断了。不过这一次，打断他的不是店里的鸟。

是克劳黛特，那只温特洛里安紫胸鹦鹉，它正用小嘴敲打着商店的玻璃窗。店主叹了口气，打开门。他正要警告它让它走开，忽然发现它在过去的三个星期里似乎受了不少折磨。现在的它看起来形销骨立，闪闪发亮的蓝眼睛也因为失眠充满了红血丝。

"你这是怎么了？"他放克劳黛特进屋来，问道。

"我怎么知道！"它说，"但自从吃了那条白菜味的虫

子后，我就寝食难安。埃比尼泽和贝萨妮在这儿吗？我要去问问他们。"

"不在，他们出门去做好事了。"店主说。

"老天呀，我今晚要开演唱会，但愿在上台前能找到他们。"克劳黛特说。

店主看着它紧张不安的样子，也有些心疼。对于小鸟的请求，他从来都无法拒绝。

"你想让我给你检查一下吗?"他提议,"花上差不多半小时,我应该就能帮你找出问题。"

但过了大约半小时,经过 X 光检查、血液检查、爪子检查和喙部检查,克劳黛特似乎什么问题也没有。

"这太奇怪了,"店主说,"所有的检查都显示你没有任何健康问题。"

"但我感觉很糟糕。"克劳黛特说。

"你有什么特别的感觉?"

"我觉得……很饿。但我已经吃了很多东西,不知道为什么还这样。"

店主仔细看了看克劳黛特的肚子,它看上去不像是吃了很多东西的样子。他又看了看它的脸,有那么一瞬间,他敢肯定,它的一只蓝眼睛变成了黑色。

"我觉得你应该跟埃比尼泽和贝萨妮谈谈。他们或许能告诉你,你吃掉的那条虫子是什么。"

"那我这就派人去找他们,让他们到演唱会后台和我会合,"克劳黛特的声音变得有些古怪,眼神中也闪过一丝凶狠,"真期待和贝萨妮再次见面呀。"

"你没事吧?"

克劳黛特摇摇头,古怪的声音和凶狠的眼神也都消失了。"不好意思,有时候我会觉得自己有点古怪。但不管怎么说,我该走了。谢谢你的帮助。"

店主领着克劳黛特走到前门,帮它打开门,克劳黛特飞了出去,紫色的羽毛消失在夜空中。店主还没来得及关上门,一件奇怪的事情发生了。

那架钢琴开始自顾自演奏起来,曲调要比《砰!鼬鼠跑了!》阴森得多。

图书在版编目（CIP）数据

怪兽与贝萨妮 /（英）杰克·梅吉特-菲利普斯著；
（瑞士）伊莎贝尔·弗拉特绘；肖楚舟译. -- 北京：新星出版社，2024.5（2025.4 重印）
ISBN 978-7-5133-5609-1

Ⅰ.①怪… Ⅱ.①杰… ②伊… ③肖… Ⅲ.①儿童小说-长篇小说-英国-现代 Ⅳ.① I561.84

中国国家版本馆 CIP 数据核字 (2024) 第 066532 号

怪兽与贝萨妮

[英] 杰克·梅吉特-菲利普斯 著；
[瑞士] 伊莎贝尔·弗拉特 绘；
肖楚舟 译

责任编辑	汪 欣	**特约编辑**	李 爽
装帧设计	李照祥	**内文制作**	王春雪
责任印制	李珊珊　史广宜		

出 版 人	马汝军
出　　版	新星出版社
	（北京市西城区车公庄大街丙 3 号楼 8001　100044）
发　　行	新经典发行有限公司
	电话（010）68423599　邮箱 editor@readinglife.com
网　　址	www.newstarpress.com
法律顾问	北京市岳成律师事务所
印　　刷	河北鹏润印刷有限公司
开　　本	850mm×1168mm　1/32
印　　张	7.5
字　　数	116 千字
版　　次	2024 年 5 月第 1 版　2025 年 4 月第 7 次印刷
书　　号	ISBN 978-7-5133-5609-1
定　　价	39.80 元

版权专有，侵权必究。如有印装质量问题，请发邮件至 zhiliang@readinglife.com

First published in 2020 in the English language by Farshore
an imprint of HarperCollinsPublishers Ltd,
The News Building, 1 London Bridge St, London, SE1 9GF under the title:
THE BEAST AND THE BETHANY Book 1
Text copyright © JACK MEGGITT-PHILLIPS 2020
Illustrations copyright © ISABELLE FOLLATH 2020
JACK MEGGITT-PHILLIPS asserts the moral right to be identified
as the author of this work.
Translation © ThinKingdom Media Group Ltd., 2024,
translated under licence from HarperCollinsPublishers Ltd.
ALL RIGHTS RESERVED

著作版权合同登记号：01-2024-0865